创意写作书系

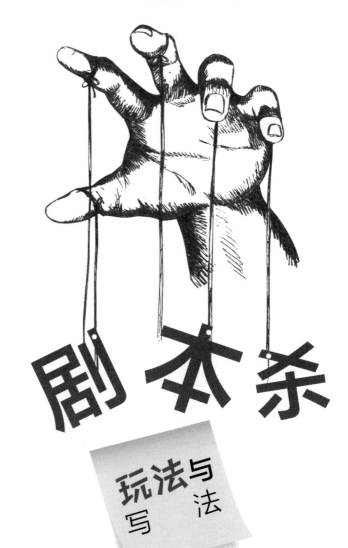

剧本杀

玩法与写法

许道军
刘庄婉婷
罗兰荟子
著

Live Action Role
Playing (LARP)
Games

中国人民大学出版社
·北京·

前言

　　剧本杀是一种新近兴起的剧情游戏，很受年轻人欢迎，最初在贵阳、成都等二线城市流行，后在北京、上海等一线城市扎根，现在可谓风靡全国且方兴未艾，成为线上线下的游戏"新星"。

　　作为游戏，它汇集了推理小说和狼人杀、密室逃脱等游戏的特点，又在它们的基础上优化，更具魅力。与推理小说相比，它继承了前者"凶杀案"的火爆题材、"命案必破"的紧迫感和"推理破案"的烧脑体验，但在游戏过程中，玩家可以作为案件故事中的人物甚至"凶手"参与其中，通过自己（包括其他玩家）的努力，完成案件的侦破和还原，而不是坐等推理小说中的主人公抽丝剥茧地推进，坐观主人公神乎其技。相较于狼人杀和密室逃脱等游戏而言，剧本杀的剧情更加复杂，玩家也分别拥有属于自己的"戏份"，不再仅仅跟随主持人"走程序"，完成简单的规定动作，而需要全身心投入、代入，沉浸于故事世界，与故事人物同呼吸、共命运。更重要的是，在剧本杀游戏中，玩家具有了更多的主动性，人人都是主角。当然，玩家"自嗨"远远不够，他们还得在DM（dungeon master，主持人）的组织下，集体参与，结为命运共同体，群策群力，共同破案，找出凶手（作为凶手，需要将身份隐藏到底，欺骗同伴），完完整整地复盘一个故事。因而在全程的讨论与相互启发中，它又具备了社交功能。"一起破过案"，自然能加深老朋友的友谊；

线上线下临时组个局，也能结识新朋友，说不定还有一段姻缘在前方呢。在年轻人越来越"宅"的今天，剧本杀作为社交破局、破圈的工具，再好不过了。假若不想烧脑，也没有关系，剧本杀已经发展出了"情感本""阵营本"等新类型，参与其中，跟着剧本走，喝喝酒，卖卖惨，哭一场，笑一阵，同样令人不亦乐乎。

说话要讲故事，小说要讲故事，影视要讲故事。人类讲故事的方式经历了口头讲故事/耳朵听故事、文字讲故事/内心语言阅读故事、图像或专业演员演绎故事/观众看故事的几个阶段。当然，这几个阶段不是线性发展的，而是交叉并存。比如在今天，这几种讲故事与接受/消费故事的方式都有。但无论哪一种，对于接受者（听众/读者/观众）而言都是"不公平"的，"我讲你听"是最古老也是最基本的规则。无论故事讲述者多么谦逊，故事接受者永远不可能参与到故事中，而故事也永远是主人公的故事。在一些关卡游戏或者网络剧情游戏中，玩家可以代替主人公行动，或者代替主人公选择。但要么这些故事剧情十分简单，只是游戏的一个不可更改的框架；要么作为体现主动性和自主性的选择，只是手动点击一个选项而已。在某种程度上，这样的文字剧情游戏只是超文本小说的一个变种。

"剧本杀"当然需要剧本，然而这个剧本不是提供给专业演员的，而是提供给参与游戏的所有玩家的。玩家演得好不好是一回事，"演戏"确实是头一遭。"全民演戏"，对于表演行业来说，是一件开天辟地的大事。剧本杀发展了故事的新讲法、新玩法。它要设计一个完整的故事（故事设计），要设计一个完整的玩法（机制设计），还要设计一个完整的讲述过程（剧本以及副文本）。相对于过往的故事设计与讲述，它是一个巨大的变革，甚至是革命性的变革。而且，它目前还具备进一步革命的可能，或者说处于全新的讲故事革命的前夜。比如，随着数字技术的发展，未来的故事很可能是开源的故事、众筹的故事。换句话说，未来的故事，极有可能是所有的接受者都可以参与到文本内部世界的故事。只要他们愿意，就一定可以体验到，甚至通过修改变量的方式，将他人的故事、主人公的故事，变成自己的故事。将来的《红楼梦》有可能不再是贾宝玉和林黛玉、薛宝钗的故事，而有可能是焦大的故事、刘姥姥的故事，更有可能是读者的故事。有一千个读者，就有一千个《红楼梦》，这样的阅读梦，不会再是梦。作为一个革命性故事讲述文体，剧本杀或将开启新时代。

新游戏有新玩法，新的故事讲述方式有新的讲述规则。剧本杀该如何玩、如何写？这对于剧情游戏爱好者来说，是一个新体验，也是一个新挑战。当然，只要你想玩，那你一定就会玩，因为剧本杀的门槛很低。好游戏肯定只要玩家想玩就能玩，因为游戏的律条是玩家至上。但对有志于新故事讲述方式的探索者、剧本杀写作新手而言，研究剧本杀是一种什么游戏、如何去玩，跟剧本杀如何去写紧密相关。脱离玩家体验的游戏写作与设计方式，是游戏行业的大忌。从玩家体验角度去写剧本、设计游戏，这不是写作伦理，是行业铁律。

我们认为，若想提高自己的故事写作能力，不妨跟着经典电影去学习故事设计，因为相较于口头讲故事和文字讲故事，图像（影视）讲故事行为对故事设计的要求要高得多。经典电影（包括电视剧、话剧等）的故事，往往更精致，更经得起逻辑推敲。剧本杀故事也大致如此，尤其是那些"硬核本格派"的凶杀案类型，其故事完全建立在推理的基础之上。如果出现逻辑不周、细节疏漏，可能首先遭到质疑的不是凶手，而是剧本杀作者。一个剧本杀的读者（玩家）大概率不会很多，但它接受的检验却丝毫不比一部经典小说少，甚至要严格、苛刻得多。因此，我们也可以说，从剧本杀那里学习故事设计，也是一个相当有效的途径。立志写剧本杀，有可能失败，经历一番努力也未必写得出一部能上市的剧本，但纵使如此，这种尝试也绝不会一无所获。至少，作者会获得更加明晰的读者/玩家意识，在故事设计态度与能力方面，也会摆脱"小儿科"状态。毕竟，市场不会惯着他，DM不会惯着他，玩家更不会惯着他。而在纸媒讲故事领域，判断一个故事好不好的标准可能是模糊的，因为很多时候，"功夫在诗外"，劣币驱逐良币现象时有发生。

　　本书分为上下两编。上编着眼于剧本杀本体，即剧本杀是一种什么样的游戏，它具备哪些基本要素，与其他文体或者游戏，比如推理小说、狼人杀、密室逃脱等有何关联？年轻人如此喜欢它，背后的秘密是什么？作为讲故事的新文体和游戏新类型，它未来何去何从，以及在这短短几十年，又发生了哪些新变？等等。下编着眼于剧本杀的写作，从一个写作新手入门的角度，依循实际写作的思路，逐步推进。首先确定要写的剧本杀的类型，不同的类型有不同的要求和切入方式；然后"抓大放小"，设计一个剧本的核心故事（一般来说是"凶杀案"），通过故事中的核心事件聚拢人物（现实中是玩家）；接下来，围绕核心事件配置与塑造人物（或者说需要扮演的角色）。在这个过程中，写作者丰富故事世界，夯实行动逻辑，准备隐蔽与投放信息。这些可以放置于"构思"阶段，之后再正式开始写作显性的剧本，制作角色文本和相关副文本。这样一个流程大致符合剧本杀游戏的认知和写作实际，有助于玩家、写手以及其他有志于剧本杀研究包括传统文学研究的学者对剧本杀的探究。

　　跟着本书一起，探索剧本杀是什么、剧本杀如何玩、如何设计剧本杀故事、如何写作剧本杀剧本，由浅入深，步步为营，成为一个优秀的剧本杀作者吧。

2023 年 7 月 17 日星期一

目 录

上 编

第一章 剧本杀是什么?

第二章 私人订制:年轻人的专属游戏

第三章 万物皆可"杀":剧本杀的多重来源

第八章 设计人物故事

第九章 建构故事世界

第十章 投放信息

第十一章 开始创作剧本

第十二章　设计配套副文本

上　编

剧本杀是一种什么样的游戏，它与推理小说和狼人杀、三国杀、密室逃脱等游戏有何联系，年轻人为何如此喜欢它？作为一种新型游戏，它应该如何玩，有多少更具体的细分？作为一种讲故事的文体，它对已有的故事设计和讲述带来什么样的启发，未来会怎样发展？本书上编从玩家和文体发展史的角度，对上述问题做了详细阐述，同时也为剧本杀故事的设计与剧本写作做了基础性铺垫。

第一章 剧本杀是什么?

- ◆ 剧本？推理？游戏！
- ◆ 玩家创造世界
- ◆ DM 把控全程

　　剧本杀是一种什么游戏，包含哪些要素，需要哪些人参加，该如何玩？"杀"代表什么，游戏的目标与机制是什么？本章重点讨论上述问题。

剧本？推理？游戏！

　　"剧本杀"全称是"剧本杀游戏"，顾名思义，它是一种游戏。参与游戏的玩家人手一个专属自己的角色剧本，并且根据剧本，像演员一样表演，"全员演戏"，因此被称为"剧本杀"。其中，"剧本"是玩家游戏的故事内容和扮演底本；"杀"代表游戏的特殊限定，也暗示某种渊源；"游戏"则是它的本质属性。一个完整的剧本杀游戏，包括用于表演的剧本、辅助游戏的副文本、游戏机制以及玩家等要素。线下剧本杀游戏大多有**主持人**，主持人有时候除了把控全场，也参与表演，推动游戏进程。

　　但这里的"剧本"非一般意义上用于专业演员表演的影视、话剧对话式剧本，呈现在玩家面前的通常是第二人称段落式的文本内容，更像叙事视角聚焦在单一人物身上的微小说。比如：

　　　　此时，窗外的萤火虫骑着飞鱼、吹着喇叭，提醒你们拉上马戏团帐篷的拉链，回房间休息了。

　　　　你、圆圆、云云、天天、落落，五名团员都露出一副嘴巴嘟囔的表情，但没有办法，是该回房休息啦。

　　　　"都快回屋吧。"说话的是莹莹副团长，也是团长的妻子。

　　　　在她身旁，自然是团长，正用豆大的眯眯眼看着你们，背着手，胖胖的身体只能允许他的食指相互勾住。

莹莹的话就是马戏团的最高指示，一开口，团员们都乖乖地回到了自己房间。

看着团长和副团长的身影，你摸了摸怀里的秋刀鱼飞刀，心里充满了感激，而一切都要从那一场突如其来的灾难讲起。（《鲸鱼马戏团》）①

但之所以称其为"剧本"，是因为这些"小说"文字具有剧本的指示功能。玩家在阅读完文本后，将会以此为依据开始扮演故事中的人物，如同影视、戏剧中的演员。与专业演员的工作有所不同，玩家的工作不是阅读对话，也不是按照台词进行表演，而是将人物性格与经历内化后，即兴表演。

游戏中，玩家需要努力进入故事世界，并贴合故事中的人物，进行角色扮演。通常情况下，玩家的表演很不专业，脱离人物设定的现象时有发生。好在剧本杀对玩家的演技没有要求，也不强制要求玩家成为角色、时刻揣摩角色的心理，有的玩家还与角色保持相对疏离的距离。当然，有的玩家愿意主动走向角色，沉浸其中。有学者将这些玩家分为"推理型玩家、扮演型玩家、剧情型玩家和社交型玩家"② 四种类型。推理型玩家醉心于"破案"；扮演型玩家通过进入故事世界、成为角色、演绎人生来获得快感，甚至部分扮演型玩家在自己扮演的同时会不允许其他玩家**出戏**（out of character，OOC）；而剧情型玩家通过知晓故事、与故事人物共情获得满足。当然，其间不可避免地会进行一些演绎；每一种玩法都具有社交功能，社交型玩家会选择剧情较弱、社交性很强的游戏，根据剧本提示与其他玩家一起喝酒、唱歌、做游戏，乐在其中。

据考证，"剧本杀"的"杀"具有两层意思。其一，模仿"三国杀""水浒杀""狼人杀"等网络游戏命名，代表的是其本意"使人或动物失

---

① 《鲸鱼马戏团》：申老师、铁头阿土、十四先生著，LARP 工作室发行，下有引用不再注释。

② 赵鑫．嫁接与黏合：剧本杀的叙事技巧与接受功能．创作评谭，2021（6）：25-28．

去生命"，而"××"则是"杀"这一游戏行为的背景信息。① "剧本杀"中的"剧本"，当然指的是玩家根据剧本以"演戏"的方式来完成"杀"这一行为，而"杀"这一命名也给游戏带来了强烈的文字视觉冲击，满足了年轻人求新求异求刺激的心理，极富吸引力。② 其二，剧本杀起源于推理小说。19 世纪凯特·莎莫史克尔（Kate Summerscale）以当时英国一起著名谋杀案——"乡间别墅谋杀案"（Road Hill House Murders）为灵感，创作了小说《威彻尔先生的猜疑》（*The Suspicions of Mr. Whicher*）。小说不仅描写了该起案件的详情，还展现了维多利亚时期的社会风貌和时代特征，形成了一个多维立体的推理世界，令读者身临其境，由此形成了早期剧本杀——**谋杀之谜游戏**（murder mystery game）——的雏形。单词murder 是"谋杀"的意思，简称"杀"。

"谋杀"又可引申为凶杀案（凶案），在早期剧本杀剧本中，凶杀案是不可或缺的存在，也是故事中必须规定的事实，而玩家需要做的是寻找凶手残留的信息，进行整合与推理，最后找到凶手。因此，剧本杀既包含文本内"凶杀案"这一规定事实，又包括在此基础上引申出的"推理"这一玩家的头脑活动。

剧本杀发展至今，"凶杀案"已经不再是剧本必需的要素，许多无凶杀案剧本杀被陆续推出，并广受好评，如《洋葱》③《来电》④《极夜》⑤等。但"推理"这一玩家的思维活动在游戏中却不可或缺，如在《洋葱》中，玩家需要经过信息的整合与推理拼贴出故事的原貌；在《来电》中，玩家需要从多种组合中推理出最佳搭配；在《极夜》中，玩家需要推理出最佳的生存组合。由此看，"推理"是剧本杀的基石，剧本杀本质上是

---

① 弯淑萍. 网络新兴格式词"××杀"解析. 现代语文（语言研究版），2017（11）：111-113.

② 唐静，王玲娟. 网络用语"××杀"的小三角分析. 汉江师范学院学报，2021，41（1）：105-111.

③ 《洋葱》：BICKWY 著，3101 原创剧本作者工作室发行，下有引用不再注释。

④ 《来电》：萝卜著，剧堆出品发行，下有引用不再注释。

⑤ 《极夜》：红辣椒著，表里山河工作室发行，下有引用不再注释。

桌面角色扮演游戏（tabletop role-playing game，TRPG），又称**纸笔角色扮演游戏**（pen-and-paper role-playing game，PnPRPG），而推理元素正是它与其他纸笔角色扮演游戏（如《龙与地下城》等）的不同之处。

游戏具有发生在日常生活之外、拥有一定规则、有确定的目标获取、玩家互动等特点。[①] 作为游戏，剧本杀需要同时完成故事设计、叙事设计和游戏设计三重任务。首先，它要构建一个独立于日常生活之外的故事世界，设置故事事件和故事人物，并且建构完整的人物背景、人物关系、行动动机以及行动规则，这些俗称"世界观"。其次，它要在叙事设计层面，打乱事件的顺序，隐藏行动线索，隐瞒行动动机，使"谋杀"这个核心事件成为"谜"，有待玩家解谜，增加游戏难度。最后，在游戏设计层面，它要为玩家设置明确的行动目标：或是找到凶手，或是还原真相，或是赢得胜利，等等。在这个过程中，它还要规定 DM 的出场时机、功能、权限以及玩家的出场顺序、纪律等，这些指示玩家（包括DM）阅读各自的分角色剧本、分析故事、破解叙事、讨论互动、寻找真凶、还原真相、复盘全程等一系列程序，也叫游戏机制，俗称"玩法"。

当然，一个成型、用于经营的剧本杀游戏，除了完整的故事设计、叙事设计和游戏设计之外，还有用于实战的辅助性内容，包括图片、道具、音频、情景演绎等，这些一般称为副文本，下文将详细谈到。

玩家创造世界

游戏需要完整的玩法。有学者将剧本杀的玩法流程概括为"选择剧本—选择人物角色—阅读剧本—搜查线索—圆桌讨论—选出凶手—复盘"七个步骤[②]，但这种总结主要是针对特定类型的玩法而做的划分，实际上

---

① 关萍萍. 互动媒介论：电子游戏多重互动与叙事模式. 杭州：浙江大学，2010.
② 潘源. 剧本杀游戏：沉浸式体验中的空间叙事、身体感知与社交互动. 声屏世界，2021（10）：96 - 98.

剧本杀已经发展出了多种类型。因此，根据剧本杀类型的不同，游戏环节也须相应改变。本书在这七个步骤基础上对玩法流程分析并概括如下。

玩家首先要**选择剧本**。是否能够选到自己满意的剧本，取决于作者、发行商、店家各方面的共同努力。准确的标签、丰满的剧情简介和店家的介绍都有助于玩家挑选，而明晰的剧本杀分类可以减少玩家选择剧本时的困惑。

选好剧本后，接下来就进入**选择人物角色**环节。这个环节固定不变，游戏开始前每位玩家必须选择自己的角色剧本。角色剧本选择分为两种情况，一种是随机抽取，一种是有意选择，不同的选择方式适用于不同类型的剧本杀剧本。为了增加趣味性，玩家经常会选择随机抽取剧本，若拿到与自己性别相异的角色进行反串会更有趣。但是也有一些剧本杀并不提倡这样的选角方式，如情感本。这类剧本杀剧本注重情感体验，需要玩家能够代入角色，因此 DM 会根据玩家的性别、性格、游戏经验给予他们合适的角色剧本，如《愿我如星君如月》①《致前任》②《山河永寂》③《舍离 2：断念》④ 等。不少剧本杀剧本会设置一些小游戏帮助玩家选择角色剧本，以及破冰。

如《极夜》在选择人物角色时，DM 先将 14 张选角特质卡分为两组，每位玩家从两组中各选一张，随后玩家选择保留一张自己更喜欢的特质卡，最后玩家根据保留的特质卡选择人物角色，如表 1-1 和表 1-2 所示。

表 1-1 《极夜》角色特质

玩家保留的特质卡	分配角色
责任/决断	斯科特
爱情/友谊	威尔逊

① 《愿我如星君如月》：一心著，葵花发行工作室发行，下有引用不再注释。
② 《致前任》：笑影著，A+剧本工作室发行，下有引用不再注释。
③ 《山河永寂》：路七八著，威海·不二工作室发行，下有引用不再注释。
④ 《舍离 2：断念》：狸子著，桌立方工作室发行，下有引用不再注释。

续前表

玩家保留的特质卡	分配角色
国家/光荣	比尔
理想/富裕	查理
自由/宠物	柯马克
忠于内心/艺术	格林
感性/理性	随机替补*

* "感性/理性"用于随机替补，本身不具有任何意义。如果一名角色的两个特质被两名玩家分别持有，或某个角色的特质无人选择，则可以临场调配。

表1-2　　　　　　　　　　　《极夜》角色性格

角色	职业	性格概述	推荐性别
斯科特	军人/队长	领袖气质，有决断力、保护欲、责任心	男
威尔逊	医生	守护者气质，厌恶暴力，注重友谊、爱情和家人	男女皆宜
比尔	军人	进取气质，爱国，重视荣誉和结果，争强好胜	男
柯马克	驯犬师	身世悲惨，孤独，与宠物羁绊很深，自由主义	女
查理	学者	学者气质，出身高贵，注重精神世界和科学价值	男女皆宜
格林	画家	艺术家气质，与父亲关系不好，有轻微同性恋倾向	男女皆宜

　　结合表1-1与表1-2的信息，玩家大概能够很顺利地找到适合自己的角色剧本。这无疑是剧本杀游戏成功的第一步，玩家只有能够与角色共情，才能够更好地沉浸在游戏中。尤其是需要感性体验的剧本，选择人物角色环节非常重要。

　　拿到剧本后的第一件事就是**阅读剧本**，只有通过阅读剧本了解人物故事，才能继续游戏。现在在很多剧本杀剧本都是分幕进行的，剧本的第一幕通常是对角色人物生平经历的介绍。由于分幕剧本的出现，自我介绍与玩法互动相分离，因此，大部分剧本杀剧本设有第一次**圆桌讨论**环节，随后才是**搜查线索**环节。第一次圆桌讨论的主要目的是让玩家了解其他玩家的故事，准备深入剧本，这是玩家沉浸其中的开始。

　　搜查线索是为了获取更多的未知信息来推进推凶进程。拿到所有的线索后，玩家会进入第二次圆桌讨论。在这次讨论上，玩家会结合线索进行质询，拆穿其他玩家的谎言，逼近真相。第二次圆桌讨论结束后，玩家们会投票选出自己心目中的凶手，进入**选出凶手**这一环节。

"搜查线索—第二次圆桌讨论—选出凶手"是推理本的基本流程，但推理本并不一定只有一次选出凶手环节，多起凶杀案的推理本会重复以上环节，而凶杀案较为复杂的推理本也时常会重复"搜查线索—第二次圆桌讨论"这两个环节，最后再进入选出凶手环节。在这两种情况下，讨论中间往往会穿插**阅读下一幕剧本**环节，给玩家更多的信息。

最后，找出凶手后，玩家会进入结局。**最终结局**环节是对整个剧本的一个收尾，是剧本杀圆满性的体现。在情感本中，结局需要实现情感的高潮与宣泄，因此更为重要。最终结局分为多结局与单一结局。一般推理本多为单一结局，最多分为找到真凶或未找到真凶两种结局。而还原本时常会出现多结局，玩家需要进行选择，如《在人间》① 游戏的最后，玩家可以选择结婚或不结婚、按下爆炸开关或不按下，这都会导向不同的结局。

至此，玩家的游戏流程结束。而**复盘**则是 DM 对玩家的疑问进行解答，对整个故事、杀人手法的一个总体性概括。这并不是一个必要的环节，如果玩家不需要复盘就没有这个环节。比较简单的剧本杀往往不需要复盘，不过，玩家需要复盘的情况还是占大多数。游戏过程中，玩家多以第一人称或第二人称进行游戏，视角限制了信息获取，很多故事线与逻辑线单靠玩家推理并不一定准确，而复盘环节则以上帝视角观看整个故事，能够帮助玩家核对自己的推理，知晓整个故事的面貌，并对之有更深入的了解，所以认真的玩家会要求复盘。

阵营本、机制本、还原本的流程都建立在推理本的游戏流程之上，又有所变动。因为玩法不同，每个游戏主体环节的内容也不相同。阵营本与机制本在很大程度上改变了剧本杀的传统玩法，虽然大多数剧本仍存在凶杀案，也存在圆桌讨论与搜查线索环节，但这并不是主要玩法。

---

① 《在人间》：愚方丈著，楚门 Seahaven 原创工作室发行，下有引用不再注释。

不同的阵营本与机制本玩法差异较大，往往与剧本杀的主题有关，如《搞钱！》[①]的一系列玩法围绕赚取资金，《来电》的玩法围绕实施诈骗。

总体而言，剧本杀游戏的游戏环节固定而通用："选择剧本—选择人物角色—阅读剧本—圆桌讨论—最终结局"，此外搜查线索、复盘在大多数情况下也会作为剧本杀游戏的固定环节。圆桌讨论可以称为**公聊**，此外还有**私聊**这一种游戏形式。公聊指的是所有玩家一起参与讨论，而私聊则是玩家私底下进行少数人的讨论，公聊与私聊可以统称为**互动**。无论中间的游戏环节如何设置，都必须促使玩家主动**交流与互动**，这是一切游戏玩法的基础，更进一步才考虑玩法的有趣性。此外，也需考虑游戏流程的连贯性与顺滑性。《搞钱！》中出现凶杀案是因为作者发现，只有凶杀案才能让玩家平滑地从热烈的公聊环节过渡到相对平静的私聊环节。

因此，剧本杀的游戏流程可以简化为四个部分："选择剧本与人物剧本—主体游戏环节—结局—复盘"。结局的丰富与否与剧本的主体游戏环节息息相关，主体游戏环节是剧本杀游戏的主要游戏环节，可以分为**"阅读剧本—交流互动"**两大环节。在此基础上，根据剧本杀类型的不同，会有不同的改变，如推理本中的交流互动分化为搜查线索与圆桌讨论两个游戏环节。无论流程如何复杂，化繁为简，其本质都是"阅读剧本—交流互动"的循环。如图 1-1 所示。

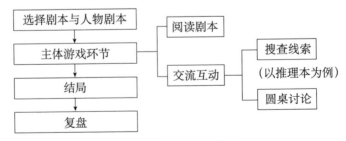

图 1-1 剧本杀玩家情况

---

① 《搞钱！》：老猎人著，知否文化发行，下有引用不再注释。

DM 把控全程

在剧本杀中，玩家尽情创造，通力合作，共同还原和建构故事世界；DM 如同上帝，把控游戏的全程以及所有玩家。

DM 一词来自《龙与地下城》游戏，指的是游戏的主持人。线上剧本杀与线下剧本杀最大的差别就是线上没有主持人，而线下有；没有 DM 也能玩，但有了 DM 则玩得更爽。好的主持人会让游戏更流畅，这是线下剧本杀比线上剧本杀更迷人的原因之一。

游戏中，玩家尽情地发挥自己天马行空的创造力，按照自己的想法演绎角色、还原故事，而 DM 全盘掌控局势，防止意外发生，保证每一个人获得优质的游戏体验。"一个优秀的剧本杀 DM，不仅仅是流程引导机器，更是导演、演员、气氛组担当，要在有限的时间里给玩家带来优质的游戏体验。"[①] DM 的专业程度对玩家的游戏体验有着极大的影响。

许多玩家最初接触剧本杀时体验并不好，很大程度上是 DM 的缘故。优秀的 DM 为游戏提供加持，而平庸或者拙劣的 DM 则给游戏"拖后腿"，他们多数时候更像"发牌"的工具人，任由玩家在故事世界里摸索。优秀的 DM 则全程陪伴玩家，把控全场，甚至他的神情、动作也成为游戏的一部分。如果一个剧本杀剧本只有 80 分，那么一个优秀的 DM 有可能将其变成 100 分。

根据 DM 在游戏中的作用，可以分为单一功能的 DM 和复合功能的 DM。单一功能的 DM 是不参与剧情的非玩家角色（non-player character，NPC），复合功能的 DM 则根据剧情需要分饰多角，既是外在于剧情的主持人，又是参与剧情的角色。在极端情况下，DM 要"根据自身

---

① 安东. 规范化的剧本杀，何以可能？.（2021 - 10 - 28）[2023 - 04 - 30]. https：//mp. weixin. qq. com/s/VAtQz4trnBcKXQnhMA51fg.

优势决定是跳舞下腰，还是技术型呐喊嘶吼。小九就曾藏身于烟雾之中独自扮演了僵尸、老太太、女鬼等多名不同角色，并在这个过程中磨炼演技，直到'一个背影，无须换装也能吓人'。带头展示哭功，更是 DM 必备技能，在一系列爱恨情仇纠葛不断的故事后，由 DM 念出角色的遗书，例如'你一定要忘了他'，发出对客人泪点的致命一击"[1]。

DM 是上帝，却不是强硬的上帝，他最爱的是披上凡人的伪装，融入故事之中，在故事中扮演重要角色。比如，《来电》中 DM 要全程扮演"金主"，也就是玩家们的复仇对象，玩家需要对 DM 扮演的"金主"卖惨，而"金主"具有决定给谁多少钱的权力。又如在《月下沙利叶》[2]中，DM 所饰演的许亮亮是故事中的核心人物，他是一个有双重人格的孩子，他的两个人格分别是"主持人"和"许亮亮"，许亮亮把所有人都当作朋友，并且珍惜身边的一切，但是他的躯体被恶魔选为容器，也因此故事中所有人都陷入无限循环的世界，只有许亮亮的记忆依然清晰。在故事中，许亮亮用尽办法希望能够唤醒所有人，最后通过自杀的方式解救了其他人。

如下文所示，DM 需要根据台词完整演绎许亮亮之死。

> 你再次清醒的时候，你的脑海中只剩下"自杀"这个想法。也许，只有你自杀了才能了结这一切，"它"也会因此而死去对吗？在这个没有尽头的世界，你已经活够了。你去了礼堂，到底是谁杀了沈明，他们的心里应该也有答案了。你告诉他们："<u>你们的时间到了，现在开始投凶吧？我数，一二三，你们就指向自己认为的凶手。一！二——三——</u>"你让那个被选出来的凶手站出来，你慢慢地走近他。他杀人了……那……他应该也可以杀了你……你握住他的手架在自己的脖子上，你很平静地面对死亡。"<u>你……你是杀了沈明的</u>

---

① 娱乐独角兽 . "一个剧本一套房"也逃不开"洗稿"：揭秘百亿"剧本杀"市场 ｜ 独家调查 . (2021 - 04 - 21) [2023 - 04 - 30]. https：//mp. weixin. qq. com/s/9MZD0N7i4wp1muNr6X4abQ.

② 《月下沙利叶》：老城、kiryuu 著，稻草人工作室发行，下有引用不再注释。

凶手吧？对吧？你可不可以把我杀了。来啊，杀了我，我教你，我教你怎么杀人，把手拿来，架在我的脖子上，用力。对用力……用力啊！"他好像不敢杀人。怎么会这样？怎么会这样？！"你们不是杀了沈明吗？为什么不敢杀我？！既然不敢杀我，为什么要杀沈明！？杀人——是要下地狱的！！你们……还不懂吗？你们一次，一次一次……一次次地……来啊！我教你们怎么杀人……"你痛苦地跪在地上，试图掐着自己的脖子自杀，直到你的喉咙干涩咳血……（《月下沙利叶》）

这个片段是整个游戏的一个小高潮，也是 DM 需要演绎的部分。在这里，DM 同样按着剧本走，跟其他玩家一样"演戏"，并且完全符合他所扮演人物的人设。

随着剧本杀行业的发展，DM 的专业性越来越强，现今市面上出现了一批 DM 职业培训学校，对 DM 的专业技能进行培训，将业余 DM 培养成职业 DM。一名优秀的 DM 必须要有这几点素养：**一定的表演欲望与表演能力，强大但不强硬的控场能力，熟读剧本，一定的逻辑推理与梳理能力。**

表演能力不用多说，需要进行角色扮演的 DM 肯定需要表演欲望与表演能力，至少不能比"戏精"玩家弱。人们常说，当一个人疯的时候，你一定要比那个人更疯，这样才能治住他，由此带出了控场能力。

DM 是把控全局的人物，必须有强大的控场能力。控制玩家在各个环节所花费的时间，将偏离的玩家重新带回轨道上，这些都是 DM 在游戏中需要做的事情。将陷入激烈讨论的玩家引导到另一个方向，但这种引导又不能过于生硬，否则对玩家的沉浸式体验将是一记重击。这时候，DM 除了需要话语的艺术，还需要表演能力。当 DM 进入角色时，自然而然地就融入了玩家之中，作为局内人进行引导，显然对游戏的破坏性要小得多。

熟读剧本杀剧本是 DM 的基本素养。如果在游戏开始前，DM 没有通读过几遍剧本，包括"组织者手册"（主持人手册）以及其他角色的剧本，那么肯定无法应对游戏中发生的各种状况，尤其是最后复盘的时候，DM 很可能无法应对玩家提出的问题。熟读剧本甚至能够基本脱稿主持，并复盘整个故事，是一个优秀的 DM 必备的技能。而且，部分优秀的 DM 时常会根据玩家的特点，对剧本本身进行改动。

复盘需要 DM 有一定的逻辑梳理能力，有时候作者在撰写剧本杀时忽略了某些细节，没有做到面面俱到，而玩家恰巧问出了相关的问题，这就需要 DM 根据现有的文本进行合理的逻辑梳理与推演，再进行解答，也就是"救场"。

一个优秀的 DM 对剧本杀游戏的重要性毋庸置疑，玩家选择剧本杀店时，一看其拥有的剧本杀剧本，二看店内的 DM。优秀的 DM 往往有着强大的客户黏性，当 DM 跳槽时，很多玩家会跟着 DM 一起去另一家店。所以，很多剧本杀的玩法设置就是建立在对 DM 的高要求之上，有趣的剧本杀剧本与 DM 一起组成了线下剧本杀游戏玩法的完整体验。

第二章　　　私人订制：年轻人的专属游戏

◆ 游戏？社交！

◆ 沉浸演绎，创造故事

◆ 满足幻想，益智解谜

有数据显示，剧本杀玩家以一二线城市、本科学历及以上的年轻人为主，且男女性的比例基本平衡。因其满足了年轻人的社交与沉浸式体验需要，以及年轻人对悬疑推理、异质幻想、认知等的需求，剧本杀成为最受年轻人欢迎的线下游戏之一。欲取之，先与之，须知：为年轻人写作，是剧本杀写作的前提。

游戏？社交！

尽管网络与科技的发展很大程度上改变了人与人之间的传统联系方式，"独处"成为这一代青年人的常态，但这只是表面现象。人的本质是社会关系的总和，人总是要处于各种社会关系网之中，以这样或那样的方式社交。如果出现了"社恐"或"宅"，有可能是一时没找到合适的社交渠道而已。根据艾媒咨询《2022—2023 年中国剧本杀行业发展现状及消费行为调研分析报告》[1] 的数据，在 30 岁以下的剧本杀玩家中，45.4% 的人是出于社交娱乐的目的而选择这个游戏，剧本杀俨然成为当下的"社交新宠"（如图 2-1 所示）。

看电影作为传统社交娱乐项目已经无法带给青年人新鲜感，难以满足青年人日益丰富的社交需求。在要求保持安静的电影院中，人与人无法尽情地交流，即时的沟通欲被压抑。线下的"私人影院"和线上的"一起看影院"大肆流行表明：人们不仅需要电影，而且更需要社交。有调查显示，《王者荣耀》等电子游戏在青少年群体中不仅是游戏，更是一

---

[1] 艾媒咨询.2022—2023 年中国剧本杀行业发展现状及消费行为调研分析报告.（2022-07-29）[2023-04-30]. https://k.sina.cn/article_1850460740_6e4bca4400100yzhg.html%EF%BC%9Ffrom=news&subch=onews.

男女用户比例平衡
受访剧本杀用户中，有50.1%为男性，49.9%为女性

中青年用户为主
35.9%的受访用户在31~40岁；其次是26~30岁用户，占比32.6%；25岁及以下用户占22.3%

一二线城市为主
有40.1%的受访用户位于二线城市，36.2%的用户位于一线城市

大学本科学历
超过6成剧本杀用户学历为大学本科，研究生及以上用户占8.3%

华东地区玩家占比高
34.0%的玩家位于华东地区，其次18.6%的玩家位于华南地区，13.9%位于华北地区

数据来源：艾媒数据中心（data.imedia.cn）

样本来源：草莓派数据调查与计算系统（Strawberry Pie）
样本量：N=1191，调研时间：2021年3月

图 2 - 1 剧本杀玩家情况

种社交的方式，但在电子游戏中，竞技对抗、赢得比赛才是玩家最主要的目的，因为涉及竞技与胜负的问题，玩家之间争执的情况时有发生。网络世界为玩家提供了一个匿名的平台，一部分玩家仗着匿名的"便捷"，肆无忌惮地骚扰、辱骂等，宣泄负面情绪，对年轻人之间的社交反而无益，甚至有损。

"三国杀""狼人杀""阿瓦隆""染·钟楼谜团"等桌面游戏具备一定的社交属性，但规则繁复，新手入门的门槛非常高，玩家之间的水平差异极大，"菜鸟"往往受到歧视。与电子游戏相似，桌面游戏依然以竞技对抗与取胜为主要目的，玩家在一整局游戏中围绕着胜利条件绞尽脑汁，尽管彼此之间有数小时的沟通，但是真正的社交内容极少。同时，桌面游戏对人数的硬性要求也对社交产生了限制。在真实情境中，线下聚会的朋友们常常不能恰好符合游戏标准场的人数。2008—2017 年，桌面游戏正值"黄金时代"，"三国杀""狼人杀"是年轻人社交聚会的第一选择，但是当更具备社交属性的剧本杀出现时，它们便迅速让位于剧本杀。

剧本杀天然携带社交属性。人数不再是桎梏，从 1 人到 12 人，都有相应的剧本杀与玩家的人数匹配；门槛不再是问题，从硬核推理到欢乐"争执"、从沉浸情感到阵营团建，剧本杀有不同的难易阶梯以及丰富的玩法供玩家依据自己的情况选择。不同于电影上映时有限的选择，剧本杀的主题几乎无限，古风、玄幻、科幻、现代、架空……玩家想要的任何主题，剧本杀都可以提供。而剧本杀的核心玩法围绕人与人的社交展开，玩家们必须充分讨论、通力合作，才能够完成任务，达到胜利，这一点在机制本和阵营本中体现得更为明显。在《来电》《青楼》① 《拆迁》② 《白衣倾城》③ 等剧本杀中，玩家有大量的"私聊"时间，与其他玩家充分交流，从而获得情报、完成任务，取得最终的胜利。在游戏中，玩家们被角色之间的爱恨情仇紧紧联系在一起，在大笑或大哭中拉近了彼此的距离；游戏后，玩家们仿佛经历了角色们的一生，玩家之间变得熟悉、亲密，从而达到社交团建的效果。

当下，剧本杀的"组队"更经常依托高效率、即时性的信息传播。在一场 5～10 人的游戏中，并不是所有人都是熟人关系，更多是通过"摇人""上车"的方式组成的临时团体。大部分店家会在微信群、朋友圈里发布"组队"信息，玩家自行报名参与，也可以自行在"拼车"软件中发布组队信息，等待其他玩家"上车"。所以剧本杀有效地扩大了当代年轻人的社交范围，同时组队本身就是一个"有门槛"的群聚，剔除了不属于"自己人"的部分，玩家们在剧本杀游戏中形成了一个新颖的集体，他们有共同的爱好、共同的话术，低成本地实现了年轻人的集体狂欢。

从朋友间的娱乐消遣，到同学、同事包括陌生朋友之间的"破冰"、聚会、叙旧，剧本杀游戏都能充当中介角色，甚至社交平台上还流行着一种说法：成为恋人之前一定要一起玩一次剧本杀，因为剧本杀是绝佳的增进彼此了解的机会，青年人可以借此判断对方的性格、爱好以及彼此的契合度。对于许多"社恐""二次元""宅男宅女"而言，剧本杀也是一个扩大社交面的有益方式。

---

① 《青楼》：岁阳著，西昆仑工作室发行，下有引用不再注释。
② 《拆迁》：DC 著，空然新语发行，下有引用不再注释。
③ 《白衣倾城》：大剑著，北京树人工作室发行，下有引用不再注释。

早期的剧本杀仅仅是推理爱好者的游戏，且以"硬核"推理为主。《明星大侦探》等综艺节目扩大了剧本杀的影响力，玩家对社交的需求也反哺了剧本杀的发展。所谓的欢乐本、团建本、喝酒本等都是社交需求影响剧本杀的产物。在这些剧本杀游戏中，推理仅占很小一部分内容，推理环节的难度也很低，剧情为社交服务，作者在设计剧本时首先需要充分考虑玩家之间的互动行为，如以"喝酒"等形式倒逼玩家之间进行互动娱乐，达到社交的目的。

沉浸演绎，创造故事

沉浸式体验（immersive experience）是一种包括视觉、听觉、触觉等全体验的服务模式，提供给人一种集各种视听效果和多种媒介于一体，作用于人全身心的难忘经历。[①]"沉浸式体验""沉浸式消费"并不是新鲜事物，早在1955年，迪士尼就将童话照进现实，按照电影中的虚拟世界打造主题乐园。当下，沉浸式体验已经成为青年人普遍追求的一种服务模式，年轻人乐于在枯燥的现实中，寻找可以"放飞自我"的幻想之地。除了根据各大IP（intellectual property，知识产权）还原的迪士尼乐园、环球影城，还有各种各样的"沉浸式剧场""沉浸式体验馆"等形式。"沉浸"成为年轻人的一大追求，"沉浸式消费"也成为蒸蒸日上的消费模式。

剧本杀也是一种"沉浸式"的服务模式。当下青年群体的剧本杀游戏狂欢，代表了在商业浪潮中，将消费文化、悦己需求、自我表达、情感需求融于一体的新型青年亚文化景观。[②] 当下的年轻人生活在多方面的压力下，剧本杀解构了现实世界，向他们提供了可以沉浸其中的故事

---

① 花建，陈清荷. 沉浸式体验：文化与科技融合的新业态. 上海财经大学学报（哲学社会科学版），2019，21（5）：15.

② 刘森林. "游戏的人"：青年剧本杀游戏狂欢及其形成机制. 中国青年研究，2023（7）：85-92.

和角色，使他们从现实世界的压力中抽离，进入光怪陆离的世界，体验不一样的故事和人生。"沉浸式剧场""沉浸式主题公园"将传统的戏剧、主题公园与"沉浸式"概念相结合，而剧本杀就是"沉浸式"与"文学/故事"的结合。剧本杀通过"沉浸式"的方式演绎文学/故事，促使文学/故事在新时代焕发新生机。

剧本杀的沉浸前提，在于玩家需要"放下"自我，全身心地接纳一个新的角色身份，并在产生认同的基础上进行演绎。想要达到这种"角色认同"的信念并不困难，因为在剧本杀的环境中，玩家可以阅读大量以第二人称视角叙述的文本，形成对角色的基本理解，DM和其他玩家也会以新的身份互相认识、看待他人，彼此以角色姓名称呼，强化玩家对角色身份的感知和认同。但是对于年纪较大的玩家来说，"彻底放下自我"却是一道坎，他们无法完全代入剧本和角色，"自我"的形象总是固执地出现。而年轻人对自我的认知尚在一个将懂未懂的状态，他们更容易并且热衷于体验各种各样的角色，体验故事中的波澜壮阔、爱恨情仇。充分发挥想象力扮演"他者"，主导自己在游戏中所扮演角色的人生，在游戏中的这种掌控感会让年轻人产生成就感。[①]

更何况，在剧本杀游戏里，玩家可以沉浸在"安全"的幻想中。剧本杀常以一个或惊悚恐怖或奇异刺激的情景开始，迅速吸引玩家的注意力，对于追求暂时远离现实的年轻人来说，剧本杀既满足了探索心理，又没有现实生活的利益冲突或未知的风险，是一种"安全的探险"。在安全的幻想沉浸中，玩家通过角色扮演展示自己、表达自己，满足深藏不露的"戏精"欲望和游戏欲望，暂时远离现实；通过表达自我获得情感的宣泄，通过体验虚拟的角色、情感与故事，获得真实的成长与感动。

为了实现"沉浸感"，剧本杀游戏中，作者、剧本杀店家和DM会联手为玩家建构一个五感交替融合的"世界"，供玩家沉浸其中。

视觉和触觉体验通过房间装潢、实景布置甚至玩家换装来建构。《声

---

① 刘森林．"游戏的人"：青年剧本杀游戏狂欢及其形成机制．中国青年研究，2023（7）：85-92．

声慢》①《青楼》《苍岐》② 等世界观为"古风"的剧本杀，店家会安排玩家在古风装潢的房间进行；《孤城》③《永不褪色的山楂林》④《豪门惊情》等世界观为"民国"的剧本杀，店家会安排玩家在民国风装潢的房间进行；《漓川怪谈簿》⑤《木夕僧之戏》⑥《七月十三日》⑦ 等世界观为"日式"的剧本杀，店家会安排玩家在和风装潢的房间进行。在实景剧本杀中，店家则会复刻、再现剧本中的场景和线索，所以实景剧本杀的场地更大、时间更长、价格也更高昂。

除了实景剧本杀，"剧本杀＋文旅"的模式也是备受关注的新业态，许多景点与剧本杀结合，相继推出了实景剧本杀，知名度较高的有北京北海公园的《琼岛风吟之诏书疑云》、成都宽窄巷子的《宽窄十二市》、洛阳明堂天堂遗址景区的《无字梵行》、浙江梅花洲景区的《石佛》、上饶望仙谷景区的《重阳》等，这些实景剧本杀都取材于当地的历史文化元素，景点实景也可以作为剧本杀的游戏场景，玩家在玩剧本杀的同时还可以了解当地历史文化背景、游览景点，获得真切的沉浸式体验。根据价位的不同，有的剧本杀店家和景区也会为玩家提供可更换的角色服装和道具。如在实景剧本杀《双鱼玉佩》中，玩家需要更换民国时代的衣服；在《九宫锁魂》中，玩家需要更换明制汉服等。从房间装潢、实景布置到玩家换装，通过视觉和触觉使玩家获得沉浸式的体验。

听觉体验通过剧本杀的背景音乐和人物音频来建构。几乎每个剧本杀剧本都会配置契合剧本内容和氛围的背景音乐，在玩家阅读、搜证、"公聊"时播放，而在剧本的不同场景和阶段，也会更换不同的背景音乐。背景音乐可以营造情境、烘托气氛，也可以辅助玩家转换情绪、代

---

① 《声声慢》：李咯喳著，瓦特工作室发行，下有引用不再注释。
② 《苍岐》：谈科著，东方剧制发行，下有引用不再注释。
③ 《孤城》：简爱著，铭思剧作坊发行，下有引用不再注释。
④ 《永不褪色的山楂林》：悠南著，不俗工作室发行，下有引用不再注释。
⑤ 《漓川怪谈簿》：大皮球、钩土林著，灰烬工作室发行，下有引用不再注释。
⑥ 《木夕僧之戏》：家巧儿著，西安蛛丝马迹发行，下有引用不再注释。
⑦ 《七月十三日》：罗莱特、十川著，灰烬工作室发行，下有引用不再注释。

入人设。玩家在玩惊悚、推理类型的剧本杀时，适合的背景音乐可以制造紧张恐怖的气氛；玩欢乐、攻讦风格的剧本杀时，欢快轻松的背景音乐也可以帮助玩家放下包袱，迅速进入状态；情感本也需要轻柔煽情的音乐烘托人物的心境。优秀的背景音乐可以给玩家留下深刻的印象，提升剧本杀的体验。比如，《就像水消失在水中》[1] 选择的背景音乐《寻常岁月诗》、《圣诞快乐，劳伦斯先生》（Merry Christmas Mr. Lawrence），配合剧情，很容易产生催泪的效果。剧本杀制作方也会提前录制人物的音频，人物音频可以作为剧本杀文本的补充，让 DM 在适当的时候给玩家播放，多见于情感本的"灵魂拷问"游戏环节，在剧情进行到高潮阶段时播放。剧情的推进和音乐、音频的渲染使玩家迅速陷入设定好的情境之中，玩家们更容易代入，获得生动的沉浸式体验。

味觉和嗅觉体验通过食物来建构。在《金陵有座东君书院》[2] 中，"烤鸭"是剧本中串联玩家儿时美好回忆的食物，在剧情推进到大家一起吃烤鸭的环节时，用心的店家会提前准备好烤鸭，让玩家们通过味觉更好地代入剧情之中；在《小吊梨汤》[3] 中，每个玩家拿到的角色都对应"小吊梨汤"中的各个食材，玩家经历小时候的美好和长大后的种种悲欢离合，在结尾时喝开头大家一起煮的小吊梨汤，令玩家沉浸在情感本的悲伤氛围里；在《敲门食堂》[4] 中，剧本背景设定在一家日本料理店里，有些玩家会一起点日料外卖，增加沉浸感，而"溏心蛋拉面"是剧本中反复出现的食物，店家在结尾时会为玩家提供一碗溏心蛋拉面作为隐藏彩蛋，玩家在吃拉面的同时，也回味了整个剧本辛苦推理、还原的过程，心中感慨万千；在《雪乡连环杀人事件》[5] 中，"饺子"不仅是开场促进玩家"破冰"的道具，还是剧情反转的关键，该剧本杀发售于春节期间，也符合过年的氛围。味觉和嗅觉是剧本杀沉浸的

---

[1]　《就像水消失在水中》：安川著，麻心汤圆工作室发行，下有引用不再注释。

[2]　《金陵有座东君书院》：十四先生、申老师、铁头阿土著，LARP 工作室发行，下有引用不再注释。

[3]　《小吊梨汤》：火星蛋壳著，时间裂缝发行，下有引用不再注释。

[4]　《敲门食堂》：CIRCLE7 著，忘忧谷工作室发行，下有引用不再注释。

[5]　《雪乡连环杀人事件》：李白、秋雨声烦著，李白工作室发行，下有引用不再注释。

辅助而不是必备，不是每个剧本都适合利用食物构建味觉和嗅觉的沉浸感，而将食物和人物、剧情完美结合的剧本，可以增加玩家的代入感和游戏体验。

满足幻想，益智解谜

除了社交和沉浸需求，剧本杀游戏还可以满足年轻人对异质幻想和悬疑推理的需求。

在一场剧本杀游戏里，玩家可以根据自己的喜好选择世界、故事与角色，比如：在武侠世界里快意恩仇，在古风世界里缠绵缱绻，在架空世界里探索冒险，等等。剧本杀提供了无数个与现实世界异质的世界，满足年轻人天马行空的幻想，供他们前去体验。

年轻人对悬疑推理故事抱有极大的兴趣，或许源自人类热衷于探险解谜的天性。中国古代的狄仁杰、包拯、宋慈等"神探"的故事流传至今，仍然广受喜爱。自1841年爱伦·坡发表《莫格街凶杀案》，标志着自侦探小说诞生以来，侦探推理小说成为世界历史上最受欢迎且经久不衰的小说类型之一，柯南·道尔、阿加莎·克里斯蒂、丹·布朗等推理小说家都是世界著名的畅销书作家。日本作为新式推理小说的发源地，自20世纪20年代末至今，涌现了一大批推理小说作者，在世界范围内享有盛誉，拥有广泛的读者群体。最初人们出于对"破案"的浓厚兴趣和体验"侦探"的强烈愿望，才接触派对游戏"谋杀之谜"，从各类侦探小说、电影到派对游戏"谋杀之谜"，从"谋杀之谜"到明星推理综艺《明星大侦探》《开始推理吧》《女子推理社》，这些都是为了满足年轻人的解谜欲望。剧本杀在发展之初，沿袭了"谋杀之谜"的传统，以一个或多个谋杀案为核心，玩家需要通过线索找出凶手、还原真相，在破案的过程中满足益智的需求。这种对知识和理解、好奇心、探索、意义、可预测性的需求，也是马斯洛需求层次中的一阶。人作为高级动物，不仅有生存的需求，还有"动脑"和"烧脑"的需求。更何况，当下中国剧本杀主题不再局限于谋杀探案，而是拓展到了儿童教育、家国情怀、人类命运，甚至是哲学思考等各个领域。[①] 一大批优秀的"立意本"的出现，在游戏之余也给予玩家深刻的思考。比如：《就像水消失在水中》探讨动荡历史中的人物命运和情感悲剧，《千佛梦》[②] 展现家国情怀、描绘敦煌的历史与文化，《鲸落》[③] 对社会热点进行反思，等等。

经历了几个小时的"打本"之后，玩家们积极发挥主观能动性，进行逻辑推理，拨开层层迷雾，找到真相，往往会使人获得"顿悟"的快感。这就是由剧本杀带来的"心流"状态。[④] "心流"指一种将个人精神力完全投注在某种活动上的感觉，一种"忘我的状态"。[⑤] 通常"心流"的产生需要有挑战性的体验、全神贯注、明确的目标和即时的反馈，以及充满乐趣的体验和能够自由控制自己的行动。当玩家沉浸在剧本杀中，集中于推理和还原时，能够进入忘我的"心流"状态，得到一种类似于多巴胺分泌带来的快感，体验到感官之乐和思维之乐。剧本杀如此受年轻人欢迎，很大程度上是由于它赋予参与者极强的沉浸感、参与感，在玩剧本杀的过程中，玩家能够处于"心流"状态。"心流"的产生包括九大要素：明确的目标、清晰的反馈、应对挑战的适当技巧、行为和意识融为一体、全神贯注、掌控的感觉、自我意识的丧失、时间感的改变、自我满足的体验。[⑥] 剧本杀高强度和高难度的解谜正是一种"挑战性的体验"，玩家需要全神贯注地达成设定的目标：或者是找到凶手，还原真

---

① 李玮."主动幻想"：作为新空间形式中的"文学"的剧本杀. 扬子江文学评论，2022（2）：7.

② 《千佛梦》：伯爵大人著，表里山河工作室发行，下有引用不再注释。

③ 《鲸落》：伯爵大人、风二中、郎中著，表里山河工作室发行，下有引用不再注释。

④ 何虹雨，保虎. 游戏印记：剧本杀风靡于青年群体的社会学解读. 中国青年研究，2022，319（9）：12-17，35.

⑤ 契克森米哈赖. 心流：最优体验心理学. 北京：中信出版社，2017.

⑥ 同⑤.

相；或者是作为凶手欺骗其他玩家，成功逃脱。整个剧本杀游戏的过程都是交互式的，玩家之间充分讨论、搜证，可以获得"即时的反馈"。在信息和短视频轰炸的当下，人们的注意力越来越难以集中，而剧本杀游戏却可以让玩家长时间地专注于某一项事物，重建了年轻人的系统思维，缓解了年轻人的数字依赖。正是"心流"起到的这种作用，让玩家们体验到久违的全神贯注、获得成就的快感，令大量年轻玩家欲罢不能。

第三章　　万物皆可"杀"：剧本杀的多重来源

- ◆ 进入故事：从读者到侦探
- ◆ 走上舞台：从观众到演员
- ◆ 有剧本的"狼人"：人人都是主角
- ◆ 有剧情的"密室"：不只有机关，还有阴谋和真相剧本杀作为一种新兴文体形式，它来源于推理小说，并吸取了剧本的特点；作为一种游戏形式，它参考了其他游戏如狼人杀、密室逃脱等的玩法，极具吸引力。

进入故事：从读者到侦探

或许源于人类内心深处对"推理""解谜""破案"经久不息的热爱，推理小说自诞生以来，读者对其的喜爱度一直不减。但在过往的阅读中，读者只能作为"旁观者"存在，或被动地欣赏侦探主人公的神乎其技，或无奈地跟随作者的叙事圈套，颠三倒四。对于那些主体性很强的读者来说，不能亲自"下场"、亲自"破案"，是一种遗憾。正是抓住了接受者不满于仅仅做一个"读者"的痛点，韩国 JTBC 电视台在 2014 年制作了推理类综艺节目《犯罪现场》，首次将剧本杀（当时还被称为"谋杀之谜"）的游戏模式展现在大众面前；2016 年，芒果 TV 购买了《犯罪现场》的版权，制作了家喻户晓的《明星大侦探》，其第一季一经播出就获得了热度与好评。有人根据芒果 TV 官方网站的数据统计，《明星大侦探》前七季每期的平均播放量约为 1.2 亿。[1] 到 2023 年，《明星大侦探》系列已经播出到了第八季，同期播出的还有《女子推理社》等同类型综艺，它们依然在源源不断地吸引着大量观众。

剧本杀弥补了这种遗憾。但作为一种推理游戏，它虽然受益于推理小说，二者却有实质上的不同。

古典推理小说的叙事往往从一个固定的人物视角出发，他或者是侦

---

① 刘中杭. 剧本杀人际传播影响因素研究. 泉州：华侨大学，2022.

探本尊，或者是他身边的助手或普通人。比如，阿加莎·克里斯蒂的《东方快车谋杀案》《尼罗河上的惨案》等一系列以波洛侦探为主角的古典推理小说，就是以波洛侦探为固定的视角，读者跟随波洛侦探的视角一起追寻线索、找到真凶。在《福尔摩斯探案集》中，虽然是以第一人称视角写作的，但是"我"并非侦探，而是福尔摩斯的助手"华生医生"。"华生医生"并非作者塑造的侦探形象，他在文本中实际是作为"读者的化身"出现的。当福尔摩斯凭借惊人的智慧做了某些事情或者得出某些论断时，"华生医生"就代替读者在福尔摩斯身边，替我们问出："为什么？"又因为他是侦探的助手，总是和侦探一起行动，他的视角也就等于侦探的视角。所以，在古典推理小说中，大部分作品都是以固定的侦探主视角展开的。

作为分角色扮演游戏，剧本杀需要多重视角。有多少个角色，就有多少个视角（因而也就需要多少个玩家扮演）。可以这么理解：推理小说仅仅是一个故事从头到尾的"串联"，而剧本杀则是多个角色的小故事"并联"，玩家需要通过讨论、互动，将散落的故事合在一起，才能找出凶手、还原真相，构成一个大故事。

剧本杀玩家聚集在一个场景中，嫌疑人和凶手都在玩家之中，这有点类似于古典推理小说"暴风雪山庄"模式。"暴风雪山庄"模式的场景可谓绞尽脑汁，要在与外界完全失去联络的隔绝情境中才合情合理，但是剧本杀已经将该情境视为一种"成规"，即凶手一定就在玩家之中，只能由他们自己解决案件。

在推理小说中，关于凶手的线索隐藏在文字中间，读者得到的信息量与文本中侦探得到的信息量是一致的，读者可以通过阅读与侦探一起推理，锁定或者淘汰自己心中的嫌疑人，最后验证答案，以获得推理的快感。当然，读者也可以完全摒弃思考，一味由作者带路，最后也总能触及真相。在剧本杀中，角色的剧本里不仅有时间线等与"凶杀案"相关的详细信息，剧本杀作者有时还会明确地告诉玩家"你的相关线索是……"，玩家需要向其他玩家解释自己的线索，如果其中有"锁凶"的

"关键性线索"，玩家还需要考虑如何向其他玩家隐瞒或者编造谎言，以洗清自己的嫌疑。同时，为了给玩家制造沉浸式的体验，剧本杀发行方一般会将重要线索制作成实物，以供玩家在搜证时使用（通常是"线索卡"，在一些实景剧本杀中，会将剧本涉及的物品全部还原）。在合适的时机，DM 会向玩家发放线索，玩家根据线索继续"公聊"。当然，有些线索是有用的，有些线索只是"烟幕弹"，一切都需要玩家自己去甄别。从剧本文字到线索道具，剧本杀必须给玩家提供一条严密的"推凶"逻辑，玩家们靠自己由表象推及真相，游戏才得以进行。

走上舞台：从观众到演员

进场后的每个玩家都会领到一份以第二人称文字表述的人物剧本，但这个剧本与影视剧本不同，其中没有分镜、场景、配乐之类的信息，只有玩家所要演绎角色的剧情和台词，并且限制在该角色的视角中。不同人物由于视角与动机不同，往往看见的真相也不同，这一点与芥川龙之介的小说《竹林中》、黑泽明据此改编的电影《罗生门》有着相似之处，故事和谜底隐藏在虚虚实实的话语中，要靠玩家分辨、侦破，找到唯一的真相。比如《金陵有座东君书院》，剧本详细描写了角色的设定，包括身份、家世、性格、抱负、与其他角色的关系等，并且着重从该角色的视角描写了事件的发生经过，六名角色就意味着有六个视角，就像六块拼图，需要合在一起才能了解真相、找出凶手。但六名角色或多或少都有一些"不可告人的秘密"，他们不能将自己的事件全盘托出，所以凶手和真相都隐藏在层层迷雾之后，否则玩家只需要坐在一起"对剧本"就能解谜，这就失去了可玩性和趣味性。该剧本的《少年游》部分主要有三个事件需要玩家解决：找出溜进女澡堂的凶手，找出用爆竹炸茅厕的凶手，找出杀死小狗小云的凶手。如果玩家坐在一起对完各自的剧本，很快就能梳理出时间线，找出三个事件的凶手，但是所有角色的剧本都给玩家布置了任务，要求他们或找出什么或隐藏什么，这样一来，真相变得扑朔迷离，游戏才得以进行。《少年游》第一阶段玩家们的任务如下。

李梦蝶的任务

1. 救出司若兰（本阶段主要任务）

2. 隐藏你驯狗偷衣服的事情

3. 隐藏你用陆嘉明的诗包裹了烤鸭

陆嘉明的任务

1. 救出司若兰（本阶段主要任务）

2. 隐藏你与狗抢烤鸭的事情

3. 隐藏你喜欢王屋山的事情（此任务十分重要）

莫轩庭的任务

1. 救出司若兰（本阶段主要任务）

2. 隐藏你用爆竹炸茅厕的事情

3. 隐藏你沉尸小云的事情

南宫寒的任务

1. 救出司若兰（本阶段主要任务）

2. 隐藏你去过女生澡堂和误杀小云的事情

3. 隐藏你喜欢司若兰的事情

司若兰的任务

1. 配合其他人救出自己（本阶段主要任务）

2. 隐藏你给李梦蝶下泻药的事情

王屋山的任务

1. 救出司若兰（本阶段主要任务）

2. 隐藏你喜欢南宫寒的事情

正是由于每一个玩家都有主要任务，需要大家齐心协力，又有"不可告人"的支线任务,互相隐瞒和猜忌,剧本杀游戏才得以充满趣味地进行下去。

与演员通常会将完整的剧本看完、将人物和所有剧情烂熟于心再开始演绎不同,剧本杀玩家在游戏开始时才能阅读剧本,游戏开始之前的"剧透"是绝对不被允许的。在游戏的过程中,玩家的阅读也颇受限制。首先,玩家之间绝对不能互相阅读对方的剧本,一切信息只能通过交流获得;其次,目前的剧本杀游戏中流行"分幕"的形式,玩家的剧本通常会被"阅读到这里停止"的提醒分割成数个阶段,阅读之间穿插着小游戏、小剧场或圆桌讨论;在前一个阶段结束之前,玩家绝对不可以阅读后一个阶段的剧本。

有剧本的"狼人":人人都是主角

最初桌面游戏从业人员将"谋杀之谜"游戏翻译并引入中国时,根据"狼人杀""三国杀"的命名习惯,将"谋杀之谜"游戏称为"剧本杀",这昭示了剧本杀与狼人杀、三国杀之间的渊源。

剧本杀吸取并改良了狼人杀的玩法,从推理爱好者的小众游戏发展为一款全民性的社交游戏,作为后来者在激烈的文化消费市场中拔得头筹。在探究这些之前,我们需要先明白狼人杀怎么玩。

狼人杀是一款多人参与的、通过语言描述推动、较量口才和分析判断能力的策略类桌面游戏。作为一款开源游戏①,狼人杀在不同的国家和地区衍生出了各种各样的变形,不过它的核心规则和流程是基本固定的。

狼人杀一般有12位玩家,分为好人和狼人两个阵营,其中好人阵营8人,狼人阵营4人。好人阵营中分为4名具备特殊技能的"神职"和4

---

① 开源(open source)意指事物规划为可以公开访问的,人们可以修改、分享。

名不具备特殊技能的"平民"。平民夜晚闭眼，神职夜晚单独睁眼，使用技能，好人互相之间不知晓身份。狼人夜晚集体睁眼，猎杀好人，狼人互相之间知晓身份。在白天的发言环节中，好人中的神职既要隐藏自己的身份，又要尽可能将自己在夜晚获得的信息传达给其他好人，带领好人找出所有的狼人；狼人既要隐藏自己的身份，又要通过发言诱导其他好人错误投票；好人中的平民要甄别除自己之外的所有玩家的身份，投票放逐狼人。发言环节结束，所有玩家投票，得票最高的玩家被放逐，被放逐的玩家视为出局。好人胜利的条件为所有狼人出局。狼人的胜利规则分为"屠边规则"和"屠城规则"，前者意为所有神职或者所有平民出局，后者意为所有好人（神职以及平民）出局。

每一局狼人杀游戏都从夜晚开始，每个夜晚狼人睁眼，共同猎杀场上的一位好人玩家。夜晚拥有技能的神职依次单独睁眼，选择使用自己的技能。夜晚之后进入白天，场上存活的玩家按顺序依次进行发言，在所有玩家发言结束后，法官组织一次放逐公投，在放逐公投中每一位玩家都拥有一票，玩家可以选择或者把票投给自己心目中所认为的狼人，或者弃权。得票数最多的玩家将会被放逐出局并留下"遗言"。"遗言"之后游戏进入第二个夜晚，狼人再次睁眼选择一位玩家猎杀。如此"黑夜—白天—黑夜—白天"循环，直到某方阵营达成了胜利条件，游戏结束。

可以发现，剧本杀结合了狼人杀游戏的一些特点，比如玩家扮演不同的"角色身份"、通过语言和推理找出"凶手"（狼人）、阵营之间的对抗等。但是剧本杀在狼人杀的基础上降低了准入门槛，并优化了玩家的体验。

以网易代理的官方正版手机游戏《狼人杀》为例，该游戏不仅规则繁复，还存在着大量"黑话"，准入门槛较高，将玩家限制在了小众群体中。而剧本杀是一场"任何人都能玩"的游戏，对不同需求的玩家提供不同类型的剧本，并且保证每一位玩家都能获得代入体验、游戏体验。

狼人杀的雏形"狼人游戏"是"杀人游戏"与美国的"狼人传说"

结合而形成的，在"杀人游戏"的基础上加入了"村庄被狼人入侵"的世界观和游戏背景。官方正版《狼人杀》对游戏内的角色进行了简单的设定，所有的角色都拥有不同的故事和形象。但是影响游戏的只有角色的不同技能和玩家做出的不同选择，故事背景和角色设定完全不会对游戏产生影响，这些都是"无效"的设定。比如，抽到"女巫"角色卡牌的玩家，不会去关注"女巫"是叫梅琳娜还是叫伊芙、她在村庄里受欢迎还是受冷落，玩家关注的只有在游戏中该用解药救谁、该用毒药杀谁。并且作为一种策略类游戏，狼人杀可以被反复玩，玩家每一次都会抽到不同的角色卡牌，角色和玩家之间也没有绑定的关系。狼人杀给予玩家的代入感十分有限。

在此基础上发展的剧本杀，其故事背景更加精彩丰富，角色设定更加复杂立体，每一个剧本的故事和角色都是独一无二且不能被反复玩的。从南唐时期金陵的东君书院（《金陵有座东君书院》）到拥有"火舞祭"习俗的羌镇春晖中学（《古木吟》[①]），从孕育精怪的常世湖和湖中央的"蜃气楼"（《漓川怪谈簿》）到清迈演艺馆的"天灯节"（《三寸弥音》[②]），从方氏集团千金大小姐的订婚宴（《前男友的100种死法》[③]）到诈骗集团的聚会（《来电》），从收留孤儿的神秘修道院（《月下沙利叶》）到举行"捉迷藏"游戏的曼彻斯特俱乐部（《虚构推理》[④]）……相比狼人杀里的狼人、平民、预言家、女巫、猎人、白痴等固定的角色卡牌，剧本杀里的角色根据剧本而设定。玩家可以根据不同的剧本，选择成为日本大正时期的艺伎、华族、军人、更衣、学生（《艺伎回忆录》[⑤]），成为解放战争时期的军官、特务、间谍、交际花（《谍影：重庆迷雾》[⑥]），成为天庭

---

① 《古木吟》：致标哥哥著，剧游方舟发行，下有引用不再注释。
② 《三寸弥音》：言柒著，桌立方工作室发行，下有引用不再注释。
③ 《前男友的100种死法》：张斑斑著，山橘推理、顽闲工作室发行，下有引用不再注释。
④ 《虚构推理》：火舞猫、顾仁著，曼彻斯特书局发行，下有引用不再注释。
⑤ 《艺伎回忆录》：殷桃著，瓦特工作室发行，下有引用不再注释。
⑥ 《谍影：重庆迷雾》：八月芗著，天津剧盟侦探推理社发行，下有引用不再注释。

里的十二生肖之一（《人在天庭朝九晚五》[①]）……每一次玩剧本杀都是截然不同的体验，就像短暂地体验了一次奇幻的人生。

剧本杀的游戏核心就在于玩家拿到自己的剧本并开始扮演，角色的故事、设定、心路历程等对游戏有着举足轻重的影响。有时为了使作为"菜鸟演员"的玩家更具有代入感，剧本杀作者会在"组织者手册"中指导 DM 根据玩家的性格分发角色剧本，甚至安排一些简单的选择或者问卷调查，使玩家拿到与自己性格相似的角色的剧本，在扮演时更顺利，效果更好，也更能沉浸式体验剧本人物的情感。

在狼人杀中，平民又被称为"闭眼玩家"。因为平民每一个夜晚环节全程闭眼，既与好人阵营的同伴互相不认识，又没有额外的技能可以获得信息或自保，容易因缺乏信息而受到其他玩家的蒙蔽。他们的游戏体验十分有限，非常被动，所以大部分玩家不喜欢当平民。然而在每一局狼人杀游戏中，又必须视玩家人数安排 2～6 名平民，即在每一局游戏中必须会有 2～6 名玩家的参与感远远低于其他玩家。除了平民之外，随着狼人杀的游戏推进，在每一个夜晚都会陆续有玩家出局，失去继续参与游戏的机会。正常的 12 人局狼人杀，游戏时长在半小时至两三小时不等，出局的玩家在漫长的时间里只能焦躁地等待。

合格的剧本杀必须保证每一个玩家都有充足的参与感，正因为每一个玩家都是自己人生的主角，所以每一个玩家的重要性都是一样的。剧本杀中的每一个角色都是独一无二、不可或缺的，也就意味着不会有玩家像狼人杀一样中途出局，每一个玩家都全程参与游戏，通力合作，找出凶手或者还原真相。

以《金陵有座东君书院》为例，剧本杀中总共有 6 名角色，6 名角色的剧本体量一致，第一部剧本《少年游》都是 38 页，第二部《归去来》都是 33 页，每个角色都是主角，全程参与游戏，剧情的分量也相

---

① 《人在天庭朝九晚五》：萝卜著，剧堆出品发行，下有引用不再注释。

当，不存在哪一个角色的戏份过多或者过少的情况。

有时，剧本杀会出现"主角中的主角"，被称作"C位"。其剧本故事丰富，对游戏和推理有至关重要的影响；或是情感体验极佳（情感C）；又或是在机制本中有着强大的技能（技能C）。一个优秀的C位玩家可以带领所有玩家获得胜利。有时剧本杀里也会出现"边缘玩家"，其与主线剧情无缘，当其他玩家在热火朝天地推理讨论时，边缘玩家只能旁观，被戏称为"坐牢"。玩家们尚可以接受C位的存在，自愿让渡一部分"高光"时刻给"高玩"，又或是凭借自己的努力，将不太"C"的角色玩成了C位。但设置边缘玩家对游戏体验的伤害是巨大的，毕竟不论怎么选择，都要有一个玩家牺牲自己，所以存在边缘角色的剧本杀，都是不合格的剧本杀，通常会被玩家"避雷"。

"C位"和"边缘玩家"的情形都应该避免。理想状态下，每一个角色都是主角，重要性相当，作者需要仔细斟酌——毕竟每一个玩家都花了同样的钱来参与游戏，凭什么有人可以当"C位"，有人却只能"坐牢"呢？

在狼人杀游戏中，没有正义和邪恶之分，好人阵营和狼人阵营仅仅是游戏机制的名称，"好人"不代表"正义"，"狼人"也不是真正"邪恶"的。所以，不论好人还是狼人，获得游戏胜利的都是对游戏有着优秀的理解和掌控的玩家。这是一种纯粹的竞技，好人和狼人的胜利都值得称赞。

但是，在剧本杀游戏中，有真正的"命案"，也有真正的"凶手"。小到溜进女澡堂、用爆竹炸茅厕、杀死小狗，大到偷走南唐国防图、陷害南唐忠臣、当北宋间谍、杀人（以上事件均出自《金陵有座东君书院》）。不论事件大小，都有正义与邪恶之分，玩家秉持着正义的信念，能够也必须找出凶手。狼人杀游戏中可以由狼人获得游戏的胜利，因为狼人并不代表邪恶，但是剧本杀游戏不允许出现"悬案"，即使玩家由于能力限制，一时无法找出凶手，DM通常也会尽最大的可能带领玩家找出凶手（即"扶车"）。正如叙事成规与社会成规一一对应，在剧本杀中，

"命案必破"也是由作者和玩家的心理投射而形成的一个重要成规。[1] 所以优秀的剧本杀常常具有现实主义特征，反映社会现实，在娱乐之余给玩家带来深刻的思考。

"命案"中又是有着种种错综复杂的隐情的，有的隐情阴险毒辣，有的隐情却充满了人性的温暖。玩家最终找出了凶手，可以根据事件的真相做出不同的选择。在《金陵有座东君书院》中，玩家们最终发现杀死NPC郎粲的凶手是司若兰，但是郎粲是作恶多端的奸臣，玩家们是情谊深厚的同窗好友，当北宋军官要求玩家们推出凶手交差时，其他玩家纷纷请求其他人把自己当成凶手交出去。游戏中最动人、最温暖的一幕由此诞生。

有剧情的"密室"：不只有机关，还有阴谋和真相

剧本杀和密室逃脱都是推理解谜类游戏。剧本杀以剧情、语言推理、演绎为主，密室逃脱以解谜、机关、逃脱为主，前者有"DM"，后者有"真人NPC"。剧本杀的核心是"剧本"，密室逃脱的核心是"密室"。围绕着各自的核心可以叠加其他元素，比如，剧本杀的"实景搜证"和密室逃脱的"剧情""演绎""对抗"，分别在"圆桌"形式的剧本杀中叠加了密室逃脱的实景布置，在实景形式的密室逃脱中叠加了剧本杀的剧情演绎，其目的都是丰富玩家的游戏体验和沉浸感。

密室逃脱的游戏时长一般在70～90分钟，即使大型密室的游戏时长也只有两小时至两个半小时，一般都不会超过3小时；剧本杀一般需要3～6小时，视剧本的体量和玩家的质量而定，有的甚至会超过8小时，还有和景区、民宿合作的持续几天几夜的大型实景剧本杀。游戏时长不同是由二者性质不同决定的。密室逃脱的剧情量较小，玩家可以直接进

---

① 许道军，葛红兵. 创意写作：基础理论与训练. 桂林：广西师范大学出版社，2012.

入密室开始游戏，中小型密室的面积在 $500m^2$ 以内，玩家在 90 分钟之内可以完成整个逃脱。剧本杀的剧情量较大，有的甚至由多幕组成，玩家不仅需要阅读剧本，还需要交流讨论、推理演绎，往往需要数小时。

密室逃脱的关键在于实景的布置，包括机械、谜题的安排等。密室逃脱给予玩家某种特定主题下的"机关"考验，玩家之间通过推理和合作在规定时间内完成任务，解开谜题和机关，逃出密室，便可以视为成功。而对于情境的形成、人物的设定等相关故事，没有太多的设计，通常只是概念式的描述，并通过主题的布置加深玩家对游戏内容的理解。

都是备受年轻人青睐的新兴线下社交游戏，剧本杀和密室逃脱各有所长，也可以互相补足。剧本杀以勘破真相为主，玩家追求故事和情感、代入演绎和语言推理，获得长时间的沉浸式体验；密室逃脱以逃离密室为主，玩家追求精密的机关和惊悚的氛围，获得短时间的尖叫体验。而最近几年密室逃脱在发展过程中，变得越来越"像"剧本杀，不断丰富完善其故事和人物演绎、玩家阵营对抗等，希望能给予玩家沉浸式代入的体验，这也说明了剧本杀自身的优势以及"讲好一个故事"的重要性。剧本杀也可以从密室逃脱借鉴经验，比如参考密室逃脱进行实景剧本杀的布置和设计，在原有的基础上增加玩家互动环节，丰富剧本杀玩家的游戏体验。

第四章　随处可"杀"：方便多样的游戏体验

- ◆ 不限地方，线上线下皆可玩
- ◆ 不限人数，单人多人皆有本
- ◆ 无限类型，总有一款适合你
- ◆ 多样玩法，动脑又动心

剧本杀的内容十分丰富，细分种类繁多。它拥有线上与线下两种游戏渠道，单人、多人皆有剧本可以选择，且故事题材丰富，无论是推理爱好者还是情感体验派都可以找到一款属于自己的剧本杀游戏。

不限地方，线上线下皆可玩

"剧本杀"具有**线上**与**线下**两种游戏渠道，线下剧本杀还可以分成桌上剧本杀与实景剧本杀。

玩家可以利用"百变大侦探""我是谜"等剧本杀 App 连麦组局，在网络上展开游戏；也可以走出家门，面对面进行剧本杀游戏。"桌上剧本杀"是指玩家围坐在"圆桌"旁游戏，一般在剧本杀店内进行。"实景剧本杀"则是商家将剧本杀剧本里描述的场景实体化，并且让玩家换上对应的服饰，虽然能够增强玩家的沉浸式体验，但价格也更加高昂。

由图 4-1 可知，线上剧本杀主要有 7 个平台。其中，"百变大侦探""谁是凶手""剧本杀"是玩家使用最多的 3 个线上剧本杀平台。

线上剧本杀不设**主持人**，所有的游戏流程都由玩家自己完成，因此线上剧本杀的剧本往往比线下剧本杀的要简单，规则也更好理解。如在"百变大侦探"App 推荐榜、热销榜、神作榜中均榜上有名的《星河散尽故人来》[①] 一共只有 4 幕：第一幕是阵营玩法，3 名男性 3 名女性通过投票选出太子妃的人选，每个人都有自己的心思，玩家需要自行拉帮结派，虽然是阵营玩法，但是规则并不复杂，十分简单易懂；第二幕是 PVE（player versus environment，玩家与环境的对抗）凶杀案，凶手是

---

① 《星河散尽故人来》：樱年著，百变大侦探发行，下有引用不再注释。

图 4-1　中国玩家偏好的线上剧本杀平台

NPC（non-player charaeter，非玩家角色）；第三幕是还原玩法，旨在还原剧情；第四幕是 PVP（player versus player，玩家之间的对抗）凶杀案，凶手是玩家扮演的角色。可以说，它的玩法基本涵盖了所有线上剧本杀的游戏玩法。

　　线上剧本杀的稿酬也少于线下剧本杀，从本书写作时观察的市场情况看，线上剧本杀的稿酬基本在 5 000 元上下浮动，而线下剧本杀多在五位数以上。因为线上剧本杀剧本的体量往往比线下剧本杀的小，其单人文字量在千字左右。

　　玩家与业内人士经常提及的爆款剧本指的都是线下剧本杀剧本，如图 4-2 所示，艾媒咨询统计的"2020 年中国年度剧本杀剧本 TOP10"都是这种。

　　线下剧本杀往往比线上剧本杀更为复杂。如《大山》[①] 作为 2021 年的优秀剧本杀剧本，有很多需要线下氛围烘托的地方，其中 DM 的情景演绎更是整个剧本杀游戏的重中之重。《大山》讲述的是一个小山村里人吃人的故事。闹饥荒的山村村民选择了吃人，为了掩藏这一事实，人们

---

　　① 《大山》：小道士著，天恩院发行，下有引用不再注释。

编造出了"丧鬼"的传闻，山村里的人更加虔诚地信仰山神，那些编造这一故事的人们借此来给自己谋福利。《大山》里有很多涉及玩家身体互动的玩法，玩家需要欺骗其他玩家喝下加了料的饮料，这些都是线上剧本杀所不能提供的游戏体验。

2020年中国年度剧本杀剧本TOP10　艾媒咨询 iMedia Research

2020年中国剧本杀行业成效量TOP10剧本
In 2020, the TOP10 Scripts of Murder Mystery Industry in China by Sales

名称	成交量(盒)	上架时间	工作室	题材	人数(人)
你好	3684	2020/10/9	剧鱼文创	现代/情感/本格	6
再见萤火虫	2936	2020/6/30	LARP工作室	日式/情感/进阶	7
拾伍	2841	2020/9/10	先人后己工作室	现代/欢乐/情感	6
青楼	2456	2020/4/1	西昆仑工作室(原黑羽发行社)	欢乐/阵营/本格	7
前男友的100种死法	2347	2020/9/3	山橘推理&闲顽工作室	现代/欢乐/情感	5
上钟儿	2024	2020/6/1	老玉米联合工作室	现代/本格/欢乐	9
舍离2：断念	2017	2020/12/14	桌立方工作室	古风/情感/玄幻	6
第二十二条校规	1906	2019/12/12	真相骑士	现代/恐怖/变格	7
木夕僧之戏	1885	2020/4/22	西安蛛丝马迹	日式/硬核/本格	7
纸妻	1727	2020/6/8	葵花发行工作室	民国/恐怖/变格	7

数据来源：小黑探，艾媒数据中心（data.imedia.cn）

图 4-2　2020 年中国年度剧本杀剧本 TOP10

图 4-2 统计的都是桌上剧本杀剧本，并不包含新兴的实景剧本杀剧本。实景剧本杀成本高昂且不能随意更换布景，一般与景区、古镇相结合，经常需要至少两天一夜的游玩时间，且费用过千，只有资深的剧本杀爱好者为了实景体验才会前往，现今还没有成为主流。

此外，图 4-2 统计的都是盒装本。线下剧本杀根据**售卖方式**，可以进一步分为**盒装本、城限本、独家本**。盒装本不限量售卖，城限本在一座城市仅卖给个位数的剧本杀店家，独家本在一座城市仅卖给一位店家。玩家在体验不同类型的剧本时，需要花费的金额不同。他们还会为了优质的城限本或独家本前往某一个剧本杀店体验。一般来说，从质量上讲，独家本＞城限本＞盒装本。对发行工作室而言，盒装本价格低廉且没有售卖限制，具有较大的不确定性；独家本价格最高但售卖量最低，因此总金额不高；只有城限本价格居中、售卖量相对固定，能够为发行商带来最稳定的收益。因此，现在市面上城限本的发行数量越来越多。

显然，线上剧本杀更加便利快捷，同时单本的费用也更低，但它的沉浸感与互动感不足，损害了剧本杀的最大体验。线下的沉浸感与互动感十足，但费用相对昂贵，现在一次剧本杀游戏至少要百元以上，如果游戏时间超过晚上11点，店家还会收取过夜费。

线上与线下的双开花为剧本杀产业开辟了两条赛道，玩家可以根据自己的需求进行选择。

不限人数，单人多人皆有本

剧本杀游戏几乎没有人数限制，下至1人，上至12人，都可以找到符合人数要求的剧本杀剧本。从艾媒咨询的数据可知，64.9％的玩家玩剧本杀的组局对象是**朋友**，其中线下玩家比例为68.4％，而16.3％的玩家玩剧本杀的目的是**社交**。现在市面上的剧本杀剧本大多设计为6～8人，这一人数一方面与熟人社交的大致人数相契合，另一方面也更易写出具有故事性的剧本。市面上，10人以上的剧本杀剧本较少，如《搞钱！》《汇通天下》①等，都是轻故事、重玩法的互动社交型剧本，往往单人的文字量在两三千字，机制玩法与阵营对抗带来的心理博弈是这类剧本的主要内容。此外，虽然有1～2人本，但与朋友社交是线下剧本杀的重要目的，显然一人本无法满足社交需求，因此1～2人的剧本杀剧本几乎不可能出现在线下剧本杀店，该类剧本完全是线上剧本杀App的专属。

不同人数的剧本杀剧本，大体可以分成**PVP本**和**PVE本**两种类型。**PVP本**重视玩家与剧本以及玩家与玩家的互动，而**PVE本**只需要重视玩家与剧本的互动。如果是2人本，为了解开谜题、还原真相，玩家必定相互合作，并且凶杀案的凶手一定是NPC，不具有对抗性，也不需要作

---

① 《汇通天下》：玖柒生著，探案笔记发行，下有引用不再注释。

者特别设计，玩家就会行动起来。

　　截至本书写作时，在 App "百变大侦探"上，新品榜前 20 名中有 4 部 PVE 本，神作榜前 50 名中有 16 部 PVE 本，热销榜前 50 名中有 7 部 PVE 本。可见，PVE 即使是在线上剧本杀中也属于小众类型，但仍然具有不小的市场。

　　"百变大侦探" App 中的 1 人本《沉鸢》①是剧情向解谜游戏，无凶杀案，具有密室逃脱性质。该游戏运用音乐、视频、角色配音结合文字，增强了玩家的代入感与沉浸感，通过不同的选项导向不同结局。虽然是 1 人本，《沉鸢》却以 3 个人的视角进行叙述。月亮做了个梦，梦见往事，梦见唐静鸢、明舫、靳望（3 位主人公）。多年前一艘邮轮与军舰相撞，邮轮上的人纷纷惨死于海中，这些人成为船妖。唐静鸢为了治好自己父亲的病，来到这艘船上，同行的还有明舫与靳望。故事先以唐静鸢的视角展开，随后切换为靳望的视角，最后来到明舫的视角，从明舫的视角中我们才知道故事的全貌。

　　《沉鸢》的故事并不复杂，总体玩法是"阅读剧本—搜证—解密"式的循环。与其说是线上剧本杀，不如说更像线上的密室逃脱。2 人本《参商》②《轮回》③也是剧情向解密本，从中我们很容易就看出 PVE 本与 PVP 本的显著不同。相比 PVP 本，PVE 本作为玩家独享的游戏，更加考验玩家的脑力与推理解谜能力，很多谜题难度较高，不适合新手玩，有一定的门槛。

　　剧本杀游戏被评价为适合"社恐"的游戏，因为在社交中玩家可以披上角色的皮，角色天然的行动力与目的性驱动着玩家的一言一行，玩家不需要思考自己应该说什么、自己说的话会不会得到回应，因为在游戏中所有人都带有目的性。又有人说，"社恐"肯定不会出门玩剧本杀，那么线上的 PVE 本就十分适合"社恐"人士，即使不愿意社交，他们也

---

　　① 《沉鸢》：疯狂彗星、黄文静著，百变大侦探发行，下有引用不再注释。
　　② 《参商》：疯狂彗星、木道人著，百变大侦探发行，下有引用不再注释。
　　③ 《轮回》：疯狂彗星著，百变大侦探发行，下有引用不再注释。

可以来玩一局剧本杀游戏，来一场脑力风暴。

因此，剧本杀是一个不限人数、不限性格的游戏，玩家可以通过剧本杀进行多人社交，也可以独自一人体验剧本杀游戏。

无限类型，总有一款适合你

剧本杀具有多种类型，所有人都可以找到一款适合自己的剧本杀游戏。根据不同的维度，剧本杀可以分为不同类型：按照结局划分，可以分为封闭本与开放本；按照内容题材划分，可以分为科幻脑洞本、武侠本等；按照推理小说的分类方法，可以分为本格本、变格本、新本格本。

1. 封闭本与开放本

按照故事结局划分，剧本杀剧本可以分为**封闭本**和**开放本**。封闭本的所有流程均由作者设计，游戏过程相对固定，自主空间较少；而开放本中玩家的决定能够影响剧情的走向[1]。一般来说，开放本中凶手知道自己是凶手，允许玩家编造故事丰满情节，允许玩家私聊，玩家自由度比较大，对游戏的组织者即 DM 要求较高。而封闭本中玩家所获得的信息平等，有阶段性任务，不允许编造故事，不需要 DM 参与。

2. 科幻脑洞本、武侠本等

从**内容题材**上划分，剧本杀剧本可以分为科幻脑洞本（如《周公游记 2：食梦记》[2]）、恐怖灵异本（如《惠子》[3]）、古代架空本（如《青

---

① 康雅雯 . Z 世代娱乐消费系列研究：剧本杀：具有强社交属性的线下娱乐场景 . （2021 - 07 - 01）［2023 - 04 - 30］. https：//data. eastmoney. com/report/zw ＿ strategy. jshtml？ enco-deUrl＝Rl2BHPVvk4efxIXZBrjmZX38D5JwfmqyvhGeElgDJNw＝.

② 《周公游记 2：食梦记》：小乔著，妄想剧场发行，下有引用不再注释。

③ 《惠子》：东方著，葵花发行工作室发行，下有引用不再注释。

楼》）、都市情感本（如《宿醉》①）、民国谍战本（如《太君》②）、武侠世界本（如《大雪满弓刀》③）、魔幻本（如《童话镇的挽歌》④）等。⑤ 抛去剧本杀的游戏属性，可以说有多少种小说题材就有多少种剧本杀题材，因为单论文本，剧本杀剧本也是一种文学作品。而关于剧本杀剧本内容题材的分类，可以借鉴网络小说的类型分类。网络小说的类型分类已经发展成熟，剧本杀作为一种内容游戏，可以对其有所借鉴，所有的网络小说题材都可以用在剧本杀剧本写作中。

总体而言，根据世界观架构的不同，可以笼统地分为现实题材与超现实题材。此处的现实与文学意义上的现实主义不同，仅用来区分故事世界内是否存在超自然存在或超越现实世界的科技装置等。

3. 本格本、变格本与新本格本

现今剧本杀业界将剧本分为本格本、变格本与新本格本，但是三者的内涵一直模糊不清，边界十分模糊。天津探听馆主理人南下绫认为，新本格就是融合了设定推理的本格；天津剧盟侦探推理社监制柯南认为，新本格就是变格故事、本格杀人手法；《马丁内斯死在惊奇馆》的作者密室卿指出，剧本圈对于新本格和变格的概念界定一直比较模糊，新本格的本质是逻辑，这点和古典本格没有区别，只不过有的新本格披上了一层设定的外皮。

为了厘清这些词的内涵与区别，让我们回到日式推理小说发展史。横沟正史与江户川乱步在同一时期开创了"变格派"与"本格派"两大推理小说流派，二战后以松本清张为代表的"社会派"推理作家崛起，最后岛田庄司、绫辻行人的出现标志着"新本格推理"的出现。⑥ 在日式推理小说语境下，"本格"是指纯粹以"谜团产生—解决谜团"为主要

① 《宿醉》：紧张著，小本买卖工作室发行，下有引用不再注释。
② 《太君》：龙利鱼著，ALL-IN 工作室发行，下有引用不再注释。
③ 《大雪满弓刀》：铁柱哥哥著，剧然工作室发行，下有引用不再注释。
④ 《童话镇的挽歌》：白泽著，百变大侦探发行，下有引用不再注释。
⑤ 分类参考艾媒咨询《2021 年中国剧本杀行业发展现状及市场调研分析报告》. 艾媒咨询. 2021 年中国剧本杀行业发展现状及市场调研分析报告 .（2021-04-02）［2023-04-30］. https：//www.iimedia.cn/c400/77814.html.
⑥ 栗桢 . 日本推理小说的两条路 . 漯河职业技术学院学报，2011，10（4）：60-62.

内容的、原汁原味的纯推理小说。① 在这个意义上，变格派原则上也属于本格派，只是在其中加入了浪漫主义的元素，故事的情节充满了阴森离奇的描写，诡异的气氛、变态的罪犯、凶残的杀人方法等出现尤为密集。②

而绫辻行人认为，新本格推理小说是在作家虚构的故事中，以虚构的作品真实为基础展开的，不仅完全抛开案件"在现实中是否会发生"这种狭隘的现实性，而且在虚构中尽情追求精巧华丽的"谜团"和"富有意外性的"解谜趣味。③ 他评价："本格推理是先造一间密室，然后把人杀死在里面；新本格则是先把人杀死，然后在尸体的四周造一间密室。"④

能够发现，本格、变格、新本格的区别不在于故事所处的世界是否是超现实世界，而在于其叙述、描写的手段与重心的不同。剧本杀与小说是截然不同的两种文体，因此当这些概念出现了新的内涵，普遍认为本格、变格与新本格的区别体现在世界观上，变格与新本格需要一个超现实的世界观，但按照传统标准，拥有8岁高中毕业、精通心理学与催眠术等技能的小女孩角色的《红黑馆事件》⑤ 也属于新本格。业界并没有对这些概念进行厘清，只是凭借个人印象在使用，玩家在实际选本时往往很难分清三者之间的界限，尤其是变格与新本格的区别。

因此，在实际分类中不宜继续使用"本格""变格""新本格"这些概念，应该与故事题材相结合，当玩家看到科幻、幻想等内容标签时，自然知道这个剧本杀剧本处在怎样的世界观内。

多样玩法，动脑又动心

根据游戏玩法划分，可以分为阵营本、还原本、机制本、沉浸本、

---

① 张丽. 新世纪以来日本推理小说在中国的接受研究. 合肥：安徽大学，2014.
② 欧阳傲雪. 江户川乱步与横沟正史. 安徽文学（下半月），2008（12）：245-246.
③ 苏静主编. 知日：了不起的推理. 北京：中信出版社，2014：60.
④ 绫辻行人. 十角馆杀人预告. 黄晓燕，译. 珠海：珠海出版社，2001：27.
⑤ 《红黑馆事件》：洋葱著，剧游方舟发行，下有引用不再注释。

情感本、CP本、硬核推理本等。阵营本等不同类型的剧本杀剧本，都是在推理本即**推凶**玩法的基础上发展而来，在这一阶段，它们还没有从推理本中彻底独立出来，"推理"是剧本杀剧本的必备要素。

上述分类方法约定俗成，是由下而上得出的，而非严谨的学术考察结果。游戏玩家至上，我们还可以游戏玩法为基准，根据玩家的**体验路径**，将剧本杀分为理性本和感性本两大类。前者的玩法建立在理性尤其是推理基础之上，主要通过逻辑推理等手段推进游戏，最具代表性的就是推理本。而后者主要调动玩家的感性思维，玩家沉浸在剧本营造的世界与人物中，体悟人物的情绪并感同身受，通过心灵的触动获得情感上的体验与释放，依靠沉浸式的**情感体验与氛围渲染**获得游戏快感。情感本的出现使剧本杀游戏发生了真正的蜕变。

1. 理性本

在理性本中，玩家主要通过缜密的逻辑推理获得游戏快感，而文本正是提供推理线索的工具。根据**游戏玩法**的不同，理性本又可以进一步分为**（硬核）推理本、（硬核）还原本、阵营本、机制本**四种类型。

推理本是最初的剧本杀类型，其核心玩法就是"推凶"，以玩家找到凶手或凶手成功隐藏自己为结果。推理本的故事设计围绕凶杀案进行，着重叙述各个玩家的杀人动机、凶杀案发生当天的行踪、杀人手法等。在游戏中，"凶手"拼命隐藏自己杀人的事实并嫁祸"无辜者"，而"无辜者"则要辨明真相找出真正的凶手。一般情况下，"凶手"只有一个，而"无辜者"有多个，形成**一对多**的局面。有时，扮演"凶手"的玩家不确定自己是不是"凶手"，只有在游戏的交流过程中才能进一步确认。所以，"无辜者"间以及"无辜者"与"凶手"间存在着**隐性**的**合作**与**对抗**关系。当隐性关系变为显性关系时，游戏结束。

随着剧本杀的发展，**推理**成了理性剧本杀的必备要素，硬核玩家渴望更加复杂而有趣的凶杀案，于是硬核推理本出现了。硬核推理本与推理本一样，都需要遵守"凶手唯一"的原则，都具有隐性的对抗与合作关系。只不过硬核推理本的案件更为复杂，玩家所需要的逻辑推理能力也更强。

硬核推理本最明显的一大变化就是世界观的**超现实化**。"超现实"可以使故事的世界观更复杂、情节更曲折、杀人手法更复杂，如硬核推理本《木夕僧之戏》，凭借着能够将死人复生的"化灵阵法"将整个案件变得更加扑朔迷离。只有参透了"化灵阵法"这一特殊设定，玩家才能厘清杀人全过程、找到真凶。硬核推理本的复杂性从以下"化灵阵法"的说明就可以窥探一二。

> "化灵阵法"说明：当然，为了让游戏更好玩一些，我以"木夕神社"为范围，设置"化灵阵法"。我设置了一个可以使灵魂实体化、死生相见的结界——在这个结界中，死掉的人将于死亡30分钟后在自己的房间醒来，完全忘记自己死掉的事实。他/她的灵魂将实体化成他/她死亡前最后一刻的形象，包括衣着、随身携带的东西都会被结界实体化。实体化的灵魂与生者在一切活动上毫无区别，但死者绝对不会再次受伤或死亡！这是死者与生者的唯一区别。实体化的物品与真实的物品将完全相同，拥有完全相同的属性，毫无区别。因此绝对无法从外在上看出死者与生者的区别。死者须通过骸骨认领仪式辨认出自己的骸骨。"化灵阵法"仅对人类有效，动物无法进行灵魂实体化。（《木夕僧之戏》）

硬核推理本是推理本在原有轨道上的进一步发展，还原本则是从推理本中衍生出的一种新玩法。推理本的主要目的是找到真正的凶手，还原本的主要目的则是还原故事的原貌。推理本的剧情收束于一条凶杀线，还原本的剧情则像散点形成网状结构。玩家与玩家在推理本中呈现出隐性的合作与对抗关系，而在还原本中则呈现出**显性**的**合作**关系。如《再见萤火虫》[①]，虽然玩家需要找到杀死鹤田老师的凶手（凶手就藏在玩家

---

① 《再见萤火虫》：逆火、木非烟著，LARP 工作室发行，下有引用不再注释。

之中），但是整个剧本杀的重点不在于将凶手绳之以法，而在于还原故事
真相。除了最初的凶杀案，玩家都在通力合作找到表里世界的秘密。他
们一开始所生活的世界不是真实的世界，而是由神使构造的里世界。这
个游戏里的凶杀案更像是引出一切谜团的引子，其实只要作者费心重新
构思，完全可以用其他情节代替凶杀案。

故事发生在萤见泽这个日本宫城县的小地方，六名男女在同一所学
校就读，清源治是他们的老师。在故事中，亲情、友情、爱情交杂在一
起，决定着七人的关系亲疏以及他们未来的发展道路。小泽丽香发现清
源治喜欢浅井纱夏，因为爱情，她与浅井纱夏产生了隔阂；而为了弟弟，
浅井纱夏放弃了自己的音乐梦。随着年龄渐长，几人逐渐形同陌路，但
萤见泽的一次地震让一切都发生了改变。在这场地震中死了很多人，包
括浅井纱夏、风间言叶、小泽丽香的母亲……后来，神使将五位年轻人
以及死去的两位女孩全都召唤到了里世界，在里世界，一切都是静止的，
一切都是那么美好而虚幻。但是因为现实世界里的破土动工，神社受到
影响，里世界也逐渐走向崩塌。在神使的刻意引导下，浅井曜杀死了神
使伪装的鹤田老师，几人最终回到了现实，而两位死者也不得不离开
人间。

推理本有硬核推理本，同样还原本也有**硬核还原本**。如《持斧奥
夫》① 讲述了一个套圈式的故事：凶手犯下了 L1 事件，随后将事件改编
成剧本杀游戏（L2），将 L2 事件拍成电影（L3），又将拍摄时发生的所
有事（L3）拍成电影 L4，最后将 L4 发生的所有事改编成剧本杀游戏
（L5），而玩家需要从 L5 进入，还原整个故事，还原故事全貌则必须解
出这些关系层。

虽然《持斧奥夫》是以一个凶杀案为核心塑造的故事，但在《持斧
奥夫》中，凶手并不只有一个人，这就打破了推理本"凶手唯一"的原
则。同时，在游戏中玩家的思维精力集中在厘清整个故事的面貌、梳理

---

① 《持斧奥夫》：咖啡猫殿下著，ALL-IN 工作室发行，下有引用不再注释。

出《持斧奥夫》的关系层上，因此《持斧奥夫》仍然属于还原本。《持斧奥夫》的故事非常复杂，玩家必须厘清这五层圈套结构，才能明白所有的故事真相，这一点非常考验玩家的组织与逻辑能力。

与推理本、还原本不同，**阵营本**将玩家划分成两个及以上的阵营，阵营与阵营之间相互"对抗"，同阵营的玩家又相互"合作"。剧本杀《汇通天下》明面上有四个阵营，暗地里又有一个阵营。剧本杀《刀鞘》[①] 是民国题材的阵营本，将玩家分为国民党、共产党、军统三个阵营，人数分别为三、三、一，在游戏中，玩家并不清楚自己的队友有哪些，需要自己去分析判断。阵营本《青楼》中以是否杀过人为标准，将阵营分为好人与坏人，人数分别为四、三，玩家必须通过分析才能判断出与自己同阵营的人。通过这三部阵营本可以发现，与"一对多"的推理本、全员合作的还原本不同，大多数情况下，阵营本中至少有两名玩家利益捆绑，而同一阵营的人数又不超过总人数的一半。阵营本通过对抗与合作的人数差异，与推理本、还原本相区别。

在阵营本中，同一阵营的玩家相互合作，争取赢得最终的胜利，而不同阵营的玩家相互算计进行对抗，最后以获得筹码最多的阵营为获胜方。一般筹码为钱，如《汇通天下》就是以最后获得钱财最多的阵营为胜利者；或者是最后存活人数最多的阵营获胜，如《青楼》《刀鞘》。

阵营本时常会含有创新玩法。《青楼》作为一个阵营本，剧情十分简单，文本量很少，重在玩家之间的互动与游戏。《青楼》的游戏环节分为"比拼酒力""表演拍卖""凶案推凶""魔石验身""搜索杀人"五个环节，前四个游戏环节都是为最后一个"搜索杀人"环节服务的。"比拼酒力""表演拍卖"环节放在游戏开始，其目的是让玩家互相交流熟悉，将气氛炒热，同时为之后的游戏积累资本。其后"凶案推凶"环节让欢乐的氛围急转直下，也引出了之后的重头戏。其实"凶案推凶"环节中是否找到真凶并不重要，通过讨论玩家都有了自己心目中的凶手。由于之

---

① 《刀鞘》：老玉米著，老玉米联合工作室发行，下有引用不再注释。

后的阵营战分为好人与坏人，双方相互厮杀，所以在这一环节中好人也不能直白地肯定自己是好人，否则之后会有率先被干掉的风险。"魔石验身"的游戏环节和"凶案推凶"环节的目的相同，旨在让玩家确定其他玩家的阵营身份，为最终的游戏环节做准备。在"搜索杀人"环节中，玩家会通过之前的游戏环节找到自己的盟友，共同争取最后的胜利。

阵营本中也会有凶杀案与创新性玩法，但这些玩法的最终目的都是为了使自己的阵营获得最后的胜利，并不在游戏中占据中心地位，如《汇通天下》中被玩家投票为凶手的人会被扣除手里的金钱，在此条件下，玩家往往会票选手中钱财最多的人，而这个人不一定是真凶。剧本杀《刀鞘》中存在"决斗"环节，即玩家具有初始武力值，通过搜集道具也可以增加武力值，"决斗"中比拼玩家的武力值，武力值高的玩家获胜。玩家可以通过决斗杀死其他玩家，减少敌对阵营玩家的人数。而一些小游戏，如投骰子、大富翁等小游戏也经常被运用其中，既丰富了阵营本的内容，也减轻了作者创作的负担，玩家往往通过这些小游戏赚取最后获胜的资本。

以凶杀案推理玩法、还原玩法、阵营玩法以外的游戏玩法为主体的理性本都属于**机制本**。虽然阵营本里通常有机制玩法，但游戏仍然以阵营对抗为主体，因此不属于机制本。在机制本中，玩家可能全员合作，如《来电》讲述了六个诈骗犯轮番行骗的故事，通过六人的通力合作完成诈骗。也可以通力对抗，如机制本《我要当大哥》① 是一个五至十人的剧本杀，正常游戏一共分为五天四夜，即一共有九个游戏环节。玩家扮演的是帮派的堂主，游戏的目标是竞选帮主成为大哥。第一天白天，玩家需要认清自己的老板（背后资助者），为老板做事，通过派遣小弟攻占其他老板的领地来获得金钱与威望值。第一天晚上，玩家可以购买小弟，攻打地盘，防守地盘，规则与白天相同，只不过这次的地盘是自己的。第二天白天，玩家可以去老板地产图上的三处据点闲逛，做小游戏，

---

① 《我要当大哥》：王炸、小可爱著，佛系工作室发行，下有引用不再注释。

游戏胜利者会获得奖金与威望值。第二、三、四天晚上可以做的事与第一天晚上相同，都是买小弟、攻打地盘、防守地盘，只不过第三天晚上触发的"小弟事件"会变成"突发事件"。第三天白天进行土地拍卖会，每成功拍得一块土地获得三点威望，其中一块明拍、一块暗拍。第四天白天，玩家一起逛赌场，进行赌博游戏赚取金钱与威望值。最后也就是第五天白天举行选举，只有没有被两次攻下地盘的玩家有资格竞选，威望值最高的玩家成为最后的大哥。《我要当大哥》的游戏环节可以简化为"攻占地盘"与"休闲时光"两个部分，"攻占地盘"是《我要当大哥》的核心机制，通过玩家之间的对抗来制造差距；"休闲时光"则由数个小游戏组成，如"土地拍卖会""赌博游戏"等。

与推理本、还原本、阵营本不同，机制本并没有固定的游戏模式，甚至每个机制本的玩法与目的都大相径庭，许多机制本也抛弃了"推凶"这一传统玩法。如《极夜》将英国南极科考团的故事进行改编，玩家背负第一个将大英帝国的旗帜插在极点上的使命，同时也面临着恶劣环境的生存考验。《极夜》将"跑团游戏"与剧本杀相结合，在游戏中玩家具有极高的自由度，这些扮演性格迥异的角色的玩家会发生激烈的争吵，诸多人性的选择都会导向不同的结局。虽有争吵，但《极夜》中没有凶杀案，会置人于死地的只有严寒。

推理本、还原本、阵营本都有一定数量的剧本模式是相同的，同类型的剧本具有相似的玩法与玩家互动关系。推理本以"推凶"为核心，玩家之间形成"一对多"的互动关系，"对抗"与"合作"隐藏在玩家互动中；还原本以还原故事全貌为核心，玩家之间多为"合作"关系；阵营本则以阵营划分为核心，两人及以上的玩家存在利益捆绑关系。而其他没有形成具有一定数量的固定游戏玩法的剧本杀剧本，被笼统地称为机制本，**机制本是理性本中的一个他项。**

2. 感性本

感性本的主要玩法是调动玩家的感性情绪，通过丰富的情感体验获得游戏快感。其沉浸感比理性本更强，玩家沉浸在剧本营造的世界与人物剧情中，感受角色的酸甜苦辣，产生感同身受的情绪，进而出现哭泣、愤怒等具象化情绪。从狭义角度看，感性本指情感本；从广义角度看，欢乐本与恐怖本也属于感性本。

情感本指的是主体为情感故事的剧本，可以包含爱情、友情、亲情、爱国情等。情感本并不注重逻辑推理，而更加注重玩家的情感体验。如《你好》[①] 将六个玩家分成老中青三对情侣，三对情侣中都有一个人患上阿尔兹海默症，情侣间的联系紧密，但情侣与情侣间的联系较为薄弱，剧本围绕着阿尔兹海默症展开了一段绝美的爱情故事。而《你好》虽然存在凶杀案，但凶杀设计非常简单，一名角色通过"头孢配酒"的杀人手法杀死了被害者，推理难度低。显然，虽然有凶杀案，但凶杀案与推理并不是《你好》的游戏重点，它想要让玩家在游戏中体验到的是阿尔兹海默症阴影下的感人爱情，一方患上了阿尔兹海默症，另一方不离不弃，两人仍然互相依赖。《你好》是非常典型的弱推理、重爱情情感体验的感性本。

又如《就像水消失在水中》[②]，作为情感本，跨越时间长，互动感较弱，被玩家称为"自嗨式"剧本杀。在游戏中，玩家需要充分调动自己的共情能力。《就像水消失在水中》包含亲情、爱情、友情等情感，从各方面丰富地调动起玩家的情绪，通过音乐、布景、道具、DM 的演绎等营造出沉浸氛围，使得玩家更快速地投入剧本所设定的情绪当中。

《世界上最美的溺水者》讲述的是一群在二战集中营死去的孩子的故事。在第一篇章中，玩家会扮演花栗鼠、天鹅、北极熊等失去记忆的动物，开启一场童话之旅，凶杀案的剧本还给玩家设置了顶罪的任务。在第二篇章中，玩家们回到现实，真正经历了集中营的生活，也明白了动物世界中的自己为什么是残缺不全的，这里的剧本给玩家设置了找出真凶的任务，但有超过半数的玩家选择了顶罪，违背了发布的任务。剧本

---

① 《你好》：Will. Y 著，剧鱼文创发行，下有引用不再注释。
② 《世界上最美的溺水者》：力炜宋著，SSR 工作室发行，下有引用不再注释。

通过一个个紧扣的环节设置将玩家的情绪一步步推到高潮，最后使得激扬的情绪突破了冰冷的任务束缚。

情感本占领了剧本杀行业的半壁江山，也扩大了剧本杀原本的受众，越来越多的玩家选择玩情感本，通过情感本让自己又哭又笑，发泄自己的情绪。情感本的文字量大，单人角色篇幅往往多达万字，通过许多**细节描写**来勾勒人物情感，而这些细节描写在理性本中往往是无用的文字信息。

欢乐本与恐怖本调动的分别是玩家欢快与恐惧的情绪，但主要依靠灯光、音乐、场景布置来烘托气氛，很难单纯依靠文本内容实现，且多是玩家在游戏过程中的附带情绪，难以像情感本那样独当一面，因此在感性本中处于边缘位置。

3. 理性本与感性本的兼类

越来越多的剧本杀同时具有理性与感性的特征，出现了兼类现象。当创作者想要创作一部感性本时，首先会想到用凶杀案作为润滑剂。因为推理本是剧本杀的基础，"剧本杀是否一定要存在凶杀案"一直是业界内外争论的焦点。有少数工作室率先发行了无凶杀案的剧本杀剧本，并获得了不错的成绩，如盒装本《来电》位列"大众点评"好评剧本榜NO.1，城限本《极夜》也在玩家内广受好评。创作者正有意识地脱离"剧本杀必须有推理"的束缚，创作无凶杀案的剧本，不同类型的剧本杀剧本界限正逐渐明晰。在有意识地分离后，创作者又会有意识地将剧本杀的不同类型运用在同一个剧本杀剧本中。此时的兼类现象与之前无意识的兼类现象大为不同，如更多地采用情感还原、情感机制的组合。一方面，还原本需要塑造一个完整的故事，而完整的故事也在很大程度上调动了玩家的感性情绪，达到情感本的效果，因此还原本与情感本相结合是创作者在实践中得出的最佳组合，而情感本与机制本的组合则是创作者为情感本量身打造的游戏玩法；另一方面，理性本与感性本调动的是玩家的两种思维，二者不相互冲突，**理性＋感性**将是未来剧本杀剧本发展的理想道路，玩家既能在游戏中体会到逻辑推理的烧脑感，又能在游戏中体会到情绪沉浸的触动感。

　　总体而言，剧本杀剧本的分类是为了玩家能够更明确地从众多剧本中选出自己喜爱的剧本，店家能够更明确地购买与推荐剧本，**体验路径＋内容题材**的标签组合能使玩家明晰剧本的玩法内容与文本内容，帮助玩家选择。

第五章　剧本杀的兴起与新变

- ◆ IP 联动，让影视文学"活起来"
- ◆ 打破第四堵墙，虚拟入侵现实
- ◆ "剧本杀＋"，开拓新阵地

剧本杀已经逐步发展成一款具有游戏、文学、沉浸式戏剧等多重属性的复合型文创产品，近年来迎来了它的兴起与新变。作为强势崛起的故事产业，它迅速获得了各大文化企业的投资，被纳入庞大的 IP 版图中；其发展也越来越具有"打破第四堵墙"的趋势，年轻消费者追求感官刺激的需求倒逼剧本杀不断推陈出新。与此同时，剧本杀以其自身的强大生命力，一直在扩大自身的影响力，文旅、文博、酒店、民宿、剧场等纷纷向剧本杀寻求合作，剧本杀的沉浸式教学也取得了一定的效果。

IP 联动，让影视文学"活起来"

网络小说、影视、动漫、游戏、音乐歌曲等并非孤立存在的，作为文化产业的环节，它们之间有一张紧密连接的大网，彼此联结，形成"产业链"的体系。一个故事或者一个概念，在文化产业链中可以衍生出网络小说、影视、动漫、游戏、广播剧等数种形态，核心的"故事/概念"即"IP"。从 2008 年开始，网络文学 IP 成为互联网产业的新宠，其形态由过去单纯依靠用户付费阅读的商业模式逐渐向"以 IP 为核心，全产业链、全媒体运营"转变，在 2015 年达到了一个新的高峰。[①] 2015 年被认为是 IP 元年，相继产出了《花千骨》《盗墓笔记》《伪装者》《琅琊榜》《何以笙箫默》等现象级 IP 影视剧。随后，在网络文学 IP 近十年的高速发展中，逐步形成了借助网络文学核心内容与影视、动漫、游戏等互通的泛娱乐生态体系。

从 2015 年至 2022 年，IP 剧席卷了整个影视圈，各大网络文学平台

---

① 马季 . IP 的实质：网络文学知识产权漫议 . 文艺争鸣，2016（11）：8.

纷纷建立了 IP 衍生合作部门，IP 剧成为影视剧的主要组成部分。以 2022 年暑期档为例，《苍兰诀》（网络小说原名《魔尊》，作者九鹭非香，连载于晋江文学城）、《星汉灿烂》（网络小说原名《星汉灿烂，幸甚至哉》，作者关心则乱，连载于晋江文学城）、《沉香如屑》（网络小说同名，作者苏寞，连载于晋江文学城）都是 IP 剧，由关汉卿的《赵盼儿风月救风尘》改编的《梦华录》也使古老的 IP 重新焕发了生机与活力。从网络小说到影视的 IP 孵化与应用之路已经接近纯熟，很难获得新的发展突破，IP 衍生需要将视野投向新的领域。

在泛娱乐生态体系中，动漫行业一直都是以日漫为核心，"国漫崛起"作为一句口号，还需要长期的努力与发展。虽然国漫也产出了《斗破苍穹》《全职高手》等一系列大 IP 国漫，但是表现中规中矩，吸引的观众大部分还是原著的粉丝。游戏行业的 IP 衍生则主要集中在电子游戏上，包括端游、页游和手游，其中以手游市场最为庞大，但是各大公司先后研发的 IP 手游《完美世界》《盗墓笔记》《蛮荒纪》等都只能汲取原 IP 的余温，不能反哺 IP 本身。获得原著官方授权、网易自主开发的 RPG（role-playing game，角色扮演游戏）手游《哈利·波特：魔法觉醒》，虽然获得了大量关注和热度，但是"哈利·波特"已经是世界级的现象级超大 IP，玩家与读者人群高度重合，是原著带动游戏而非游戏反哺原著。

在内容娱乐市场几近饱和的情况下，剧本杀在影视、网络文学、游戏等内容娱乐产品外开辟出一条全新的赛道，发展短短五年，就受到各大资本的青睐，被各大版权方纳入 IP 全产业版图中。

在目前有限的探索中，剧本杀与影视的互动主要分为两个方面：一是由影视 IP 改编为剧本杀，影视和剧本杀互相造势，形成良性循环，吸引倍数的观众与玩家；二是由剧本杀 IP 改编为影视，因为剧本杀也是以"故事"为核心的文学形式，其中不乏优秀作品，完全可以向影视输送 IP。剧本杀和影视协同发展、"双向输血"，或许是未来剧本杀行业可以试着开辟的一条道路。

1. 影视 IP 改编剧本杀

近十年来，我国的故事产业飞速发展，现今呈现出一超多强的态势。腾讯集团旗下企鹅影视、腾讯动漫、阅文集团等子公司涉及影视、动漫、网络文学等故事产业的方方面面，以腾讯为代表的文化企业手握故事版权，以 IP 的形式推动故事的跨媒介转换，故事作为流通要素在不同媒介系统中流动，也成为串联不同叙事媒介作品的核心。在剧本杀产业迅速崛起之后，各大文化企业很快就将它纳入自己的 IP 全产业链运营中。2021 年，阅文集团投资小黑探①平台，其在年度发布会中再次申明要打造 IP 商品化全产业链②，爱奇艺也批量授权剧集进行剧本杀改编。正是版权公司的强势介入，使得 IP 故事剧本杀改编成为可能，形成流行趋势。

影视 IP 改编为剧本杀的第一种形式是影视与剧本杀同步开发、同时面世，影视和剧本杀联动营销，带动双方的热度，影城与剧本杀门店合作，推出"玩剧本杀送电影票"的活动和"电影票＋剧本杀"的套餐等，营销"在电影院玩一场剧本杀"的体验。于 2021 年 2 月 12 日上映的《刺杀小说家》采取的便是这种营销模式，早在上映前一两个月，剧方和各大影城便开始了与同名剧本杀的联动，由光年如纸工作室创作，一闪工作室、雪人剧制、推理大师联合发行的《刺杀小说家》剧本杀，甚至稍先于电影面世，为电影的上映造势。因为剧本杀的同步营销，电影面向的群体更为广泛，也有观众在观影之后意犹未尽，玩一场剧本杀延续电影中的奇幻旅程。2022 年 8 月 13 日上映的《断·桥》同样采取了这种营销模式，在电影首映礼的当天，同名剧本杀也在天猫大麦网官方旗舰

---

① 小黑探是一家剧本杀行业媒体与平台，旗下主要有微信公众号、小程序、剧本杀展会、作者培训等产品与业务。

② 三文娱 AniSpark. 阅文投资小黑探，进军剧本杀．（2021－08－02）［2023－04－30］. https：//baijiahao. baidu. com/s？id＝1706952030559207162&wfr＝spider&for＝pc.

店、小黑探、GoDan 平台开启预售，是真正的影视和剧本杀"双首发"。这种影视 IP 改编剧本杀的形式，一方面探索了优质内容 IP 的多样化呈现，满足了消费者不断发展的多层次的内容消费需求；另一方面借助创新宣发，推动了两个内容消费群体的双向流动，活跃了文娱消费市场。从《刺杀小说家》到《断·桥》，影视和剧本杀联动的经验越来越丰富，呈现的效果也越来越进步。可以预见，在未来，影视和剧本杀同步开发、同时面世的项目将会越来越多，甚至成为一大创新趋势。

影视 IP 改编为剧本杀的第二种形式是知名 IP 逐步开发为影视、剧本杀。其中最有代表性的 IP 就是《庆余年》。猫腻创作的《庆余年》是起点中文网现象级的历史架空小说，改编为电视剧之后更是热度飙升。在剧本杀风靡之后，阅文集团联合剧本杀工作室，推出了同名剧本杀。阅文集团还将着手推出《全职高手》《凡人修仙传》等知名 IP 的剧本杀，在影视、动漫、广播剧、游戏之外，进一步拓宽了各大网络文学平台的 IP 衍生业务。除了《庆余年》，还有《琅琊榜》《赘婿》《唐人街探案》《成化十四年》《赤狐书生之佛狸祠下》等 IP 剧本杀已经推出。2022 年 8 月 17 日，由探索笔记工作室推出的《风起洛阳》同名剧本杀以城市限定的形式首发，《八佰》《金刚川》《画皮》等 IP 也已经授权剧本杀工作室制作同名剧本杀。原创剧本杀已经不再是唯一的道路，随着网络文学平台有意识地与剧本杀工作室开启合作，"IP 本"这一形式正在逐渐壮大自己的力量，未来还将越来越多地涌现，丰富剧本杀的内容，使文化产业不断焕发生机和活力。

2022 年暑期的爆款古偶仙侠剧《苍兰诀》，自 8 月 7 日开播至 8 月 30 日收官，在爱奇艺站内的热度值已经超过了 10 500，成为《延禧攻略》《赘婿》《人世间》之后第四部在爱奇艺站内热度破万的剧集。"小黑探"公众号探索了将《苍兰诀》改编为古风情感本的可能路径，在预设的《苍兰诀》剧本杀中，玩家要在"小兰花""东方青苍""巽风""长珩""觞阙""结黎"六个人物中选择自己的角色，评论区有剧本杀爱好者评价："小兰花（女主角）和东方青苍（男主角）的戏份太多了。"[①]

① "小黑探"公众号. 假如《苍兰诀》是剧本杀.（2022 - 08 - 30）［2023 - 04 - 30］. https://mp.weixin.qq.com/s/mUQpDrHZAKTk_hrbUcGT5w.

这就引出了影视 IP 改编剧本杀的几个问题。

首先，影视有主要人物和次要人物之分，但是在剧本杀中，人人都是主角，这是影视与剧本杀联动首先应当遵循的基本原则。作为小说和电视剧的《庆余年》，主角都是范闲，而改编为剧本杀的《庆余年》中有六个主要角色：范闲、司理理、庆帝、王启年、陈萍萍、李云睿。六个角色都应处于旗鼓相当的地位，共同演绎推理。

其次，剧本杀的大忌便是"剧透"，以往照搬原著的改变方式是行不通的。目前比较主流的改编途径是利用原 IP 的世界观与人物演绎完全不同的故事，由《成化十四年》《断·桥》《唐人街探案》《风起洛阳》改编的剧本杀都是如此。剧本杀行业正在进入影视和游戏 IP 授权的"大 IP"时代，呈现出跨媒介叙事的趋势，即基于规定了世界观、世界架构的前提叙述不同的故事。① 比如《唐人街探案》系列电影与电视剧建构了一个"唐探宇宙"，故事核心是主角唐仁与秦风合作的侦探二人组，带领由"侦探排行榜"上的成员组成的正义团队，对抗犯罪组织"Q"；剧本杀《唐人街探案 3：七星迷踪》讲述发生在《唐人街探案》电影第二部和第三部之间的故事，唐仁与秦风将要从巴黎前往日本，于是将巴黎的案件委托给其他侦探，如此引出剧本杀中的七位新角色，与电影、电视剧形成互文。但是这样一来，IP 剧本杀更像是原 IP 的"同人作品"，冲着原 IP 来的粉丝究竟会不会买账？

此外，"是否看过原著"是不是 IP 剧本杀的门槛？没有读过原著的玩家能不能迅速代入情境，真正实现影视、剧本杀的联动营销，促进 IP 人气的几何级数增长？这些都是 IP 改编剧本杀的过程中需要思考的问题。

比如 IP 剧本杀《庆余年》因为与小说、影视的剧情相似度过高，引起玩家的不满，有玩家评论："前半段看过电视剧就像开了天眼，机制也

---

① 阙大为，朱海澎. 从跨媒体传播到跨媒介叙事：剧本杀与影视的影游融合路径. 视听，2023（1）：31-34.

奇奇怪怪的,很傻。后半段原著党还能继续,其他人基本都是摔本的。"
"过于接近原著,剧情上没什么新鲜内容。""看了电视剧又有点剧透,不
看电视剧又有点无法理解。"而由《成化十四年》改编的剧本杀《成化十
四年之暮雨洒江天》①抛弃了原著的人物与剧情,尽管避免了剧透,却
没有将原著的人气迁移至 IP 剧本杀中。原著《成化十四年》在晋江文学
城有 12 万收藏量,但是"黑探 pro"小程序②显示仅有 5 824 人玩过其改
编本,在千岛剧本杀小程序里的评分也仅有 6.1 分。还有《唐人街探案
3:七星迷踪》为赶在第三部电影上映前完成,创作用时不足一个月,出
现较多文字和推理用词的错误,被玩家诟病。③ IP 本的多次失败影响了
IP 本在玩家心目中的口碑,玩家圈内流传着"IP 本皆烂本"的共识,也
影响了 IP 本之后的宣传和推广。

影游 IP 联动剧本杀的跨媒介叙事过程,是一个自上而下由创作者带
给玩家游戏体验的过程,同时也是自下而上玩家的选择认同过程,剧本
杀玩家拥有评判影游 IP 故事世界的话语权。④这意味着,在剧本杀 IP 化
的过程中,创作者不仅要考虑自上而下运用文本符号对故事世界的建构
进行延伸,为玩家提供剧本内容,同时还要考虑自下而上玩家对剧本杀
联动影游 IP 的游玩体验、对创作的评价。⑤ IP 剧本杀虽然不是原创,但
是也要在原著和原创之间取一个平衡点,既不能脱离原著,又不能照搬
原著,还要达到原 IP 的粉丝的期待,改编剧本杀的难度不比原创剧本杀
小。加上目前原创剧本杀的质量已经达到了较高的水准,编剧、工作室、
发行的运行臻于成熟,互相"内卷",竞争非常激烈,每个季度都会诞生

---

① 《成化十四年之暮雨洒江天》:伯劳著,桌立方工作室发行,下有引用不再注释。
② 与"黑探有品"小程序同属于一家公司,"黑探有品"为剧本杀行业内主要的线上剧本
杀剧本分销渠道,已于 2023 年 6 月 3 日停用。
③ 流森,Keva. 深度调查丨剧本杀影视化,是好戏,还是好游戏?.1905 电影网,(2021 -
04 - 10)[2023 - 04 - 30]. https://www.1905.com/news/20210410/1514011.shtml.
④ 李诗语. 从跨文本改编到跨媒介叙事:互文性视角下的故事世界建构. 北京电影学院
学报,2016(6):26 - 32.
⑤ 阙大为,朱海澎. 从跨媒体传播到跨媒介叙事:剧本杀与影视的影游融合路径. 视听,
2023(1):31 - 34.

一批优秀的原创剧本杀，IP 剧本杀应该如何找准定位，与原创剧本杀竞争？尽管 IP 剧本杀天然地携带了热度和流量，但是在由"数量"向"质量"转型的剧本杀行业中，IP 剧本杀不能打着"IP"的旗号"圈钱"，最重要的还是要在内容上钻研雕琢，毕竟在剧本杀行业，内容为王。

2. 剧本杀 IP 改编影视

2021 年 1 月 12 日，第一届尾牙剧本展会"拨云见鹭"在厦门举办。在展会中，北京超自然力量文化传播有限公司宣布即将改编爆款剧本杀《年轮》①，呈现为网络互动剧。2022 年 1 月 11 日，集影视、出版、剧本杀开发与发行、动漫画联动开发于一体的 IP 文创公司果派，联合国内剧本杀发行头部品牌白鹿书院，在北京举办了战略合作签约仪式，并正式启动了高口碑剧本《古镜奇谈》的短剧改编项目。2022 年 8 月，由《古镜奇谈》改编的同名网络剧定档腾讯并在横店开机。这些消息意味着从 2019 年开始迅速发展的剧本杀行业，终于开启了影视化的跨界，开始了对影视行业的反哺。

一方面，影游融合类的影视作品具有互动性和体验性等互动类游戏的特性；另一方面，影视视听语言的综合叙事方式，给予受众奇观梦幻、视听震撼的审美体验，满足受众审美的想象力消费需求。② 都是以"故事"作为叙事的核心，剧本杀的游戏叙事和网络小说的小说叙事是否能承担同样的功能，为影视"供血"？在网络小说 IP 竞争激烈的当下，剧本杀 IP 改编是否具有其自身的独特性和不可替代性？还是说剧本杀 IP 改编只是一次试水，一场"资本的狂欢"？《古镜奇谈》的作者、白鹿书院创始人白小鹿在谈及剧本杀改编影视时认为："短期谨慎，长期看好。"一切似乎都要等到由剧本杀改编的影视剧正式出现，才能见分晓。

2021 年 11 月 11 日上映的《扬名立万》曾以"剧本杀电影"的噱头

---

① 《年轮》：王鑫、峤然著，天津剧盟侦探推理社发行，下有引用不再注释。

② 陈旭光，张明浩.论电影"想象力消费"的意义、功能及其实现.现代传播（中国传媒大学学报），2020（5）：93-98.

营销，获得了观众青睐，成为票房黑马。《扬名立万》的故事设置与剧本杀确实有异曲同工之处：在一个月黑风高的夜晚，几个不得志的电影人共同聚集在一处废弃的别墅（实则为凶案现场）中，他们分别是不通世故的编剧、烂片导演、试图复出的女演员、过气的男演员。随着剧情的展开，他们试图通过蛛丝马迹推理、还原、复盘整个案件的真相……观众在跌宕起伏、扣人心弦的情节当中过足了推理瘾，沉浸式、互动式的体验非常适合年轻观众的口味，"剧本杀电影"的新兴概念也让《扬名立万》加速了"破圈"，最终取得 9.26 亿元的票房。不过，《扬名立万》呈现出的与剧本杀相似的故事设置其实还是典型的悬疑片叙事模式，它将"别墅"设置为"暴风雪山庄"，人物在封闭的环境里进行推理和还原，这正是古典推理小说中常用的手法，由推理小说改编成的《东方列车谋杀案》《尼罗河上的惨案》等电影也具有此特征，《扬名立万》所营销的"剧本杀电影"事实上与剧本杀并无关系。然而，正是凭借了"剧本杀电影"的噱头，《扬名立万》才能吸引大量"圈外"的观众走进电影院，这也体现了剧本杀对影视的反哺。从这一趋向来看，未来真正由剧本杀改编的影视是否也能吸引大量关注，是十分值得期待的。

剧本杀 IP 改编影视，还有诸多问题值得思考与斟酌，"剧本杀影视化"的融合之路仍然道阻且长。一个核心的问题就是：剧本杀是否具有值得改编的独特性和不可替代性？首先，剧本杀的体量较小，仅用几份人物剧本和一份"组织者手册"讲述一个完整的故事，包括世界观和人物，其内容必定不如用几十万、几百万文字构建的网络小说丰富翔实；其次，剧本杀其实是网络小说、影视动漫发展到一定阶段的产物，有相当一部分剧本杀都是浓缩小说和影视之精华的产物，剧情存在"套路化"的问题，人物存在"脸谱化"的问题，将这些剧本杀重新改编为影视作品，或许只是无用功；最后，剧本杀改编为影视作品，也要遵守影视的基本原则，比如要选择主角视角、选择主线等，都不是简单的问题。

或许是基于以上问题，北京超自然力量文化传播有限公司选择将《年轮》改编为互动剧，即用户在观看时，每触发一个情节点，都需要通过点击视频播放器内的选项按钮选择剧情的走向。在《年轮》之前，也出现了《他的微笑》《龙岭迷窟》《拳拳四重奏》等互动剧，却都没有激起多大的水花。可以认为，互动剧是一种"游戏化的视频"或者"视频化的游戏"，在每一个分支点都要设置不同的剧情走向，根据观众/玩家不同的选择，最终呈现不同的剧情与结局，观众/玩家还可以反复观看，解锁所有的剧情与结局。互动剧和剧本杀的适配度很高，哔哩哔哩（即B站）等平台上的一些线上剧本杀就是采用互动视频的方式呈现的，或许在未来，"互动剧＋剧本杀"的组合可以成为新的风向。除了互动剧之外，剧本杀IP的改编还可以探索其他的影视形式，比如单元剧、虚拟演员、沉浸式戏剧等。剧本杀作为新兴的文化产业，具有强大的生机和活力，期待经过一段时间的实践探索，剧本杀IP可以找准自己的定位与优势，真正做到与影视行业双向输血。

打破第四堵墙，虚拟入侵现实

剧本杀是由作者创作、由玩家演绎的。剧本杀与传统的文学作品相比，不是一个封闭的场域，而是开放的、交互的。在作者完成剧本杀剧本的创作并且呈现到玩家面前时，它实际上仍然是未完成的作品，玩家的演绎是剧本杀的最后一块拼图，作者和玩家共同完成了一场剧本杀游戏。

也就是说，剧本杀实际上给玩家提供了一个"异质空间"，是一个具备创造充满幻觉性和补偿性的空间系统①。不同于电子游戏提供的完全虚拟的空间系统，剧本杀所提供的异质空间呈现着二元性，是由现实空间和虚拟空间共同构建的。在现实的空间里，玩家与玩家面对面地处于

---

① 孙旌程，王毅杰．"逾越"现实的空间：作为城市青年群体精神消费的"剧本杀"．青年学报，2022（4）：61-70．

同一个场景中，要遵循现实的游戏流程和逻辑；在虚拟的空间里，玩家使用剧本提供的人物设定、人物关系、故事进行游戏。但玩家不是被局限在"角色"中的，除了阅读给定的剧本之外，在游戏中还有大量的"私聊"环节，由玩家自行掌控，玩家的行动并不在作者的"剧本"中。玩家以"角色"的身份与其他玩家交互的时候，所表现出来的形象混合了角色信息、自我性格、社交习惯、扮演意图等，是玩家在理解的基础上，通过表演再一次生产出来的角色形象，而不只是故事中的角色或玩家的真实自我。[①] 在这样的情况下，剧本构建的虚拟世界包含着真实的情感体验，可以实现玩家的情感补偿。

近年来，创作者正在不断精进剧本杀剧本创作，为玩家提供"沉浸"的情绪价值，想方设法模糊虚拟与现实的界限，在亦真亦幻中"打破第四堵墙"。

"第四堵墙"是舞台上的演员与舞台下的观众之间并不存在的"墙"，但这道看不见的藩篱的确将演员与观众分割开来。"打破第四堵墙"是一种在戏剧、影视中常见的手法，比如：在沉浸式戏剧中，演员会有意将观众拉入表演之中，直接与观众对话；在影视中，则是让角色通过镜头与观众对话，就像《纸牌屋》的主人公弗兰西斯·安德伍德常常与观众"交流"，而《宇宙探索编辑部》则全程使用"手持摄像机"的拍摄手法，角色模拟被采访的形式向观众阐述自己的经历，主人公也通过镜头直接要求观众"把眼睛闭起来"。这样的手法给予了观众新奇的体验，观众仿佛切身参与到了影视之中。

在剧本杀游戏里，玩家本身就是作为其中的"演员"进行游戏的，这就打破了"第四堵墙"，消弭了传统戏剧形式中"看"与"被看"的鸿沟。但是每个玩家的状态不同，比起精心排练的戏剧，玩家的临时参与可能会产生"出戏感"，这就要求从剧本作者、店家、DM 多方面对游戏

---

① 叶青.扮演、戏剧化及其空虚：剧本杀作为文化现象.艺术评论，2021（11）：136 - 147.

进行把控，最大限度地令虚拟入侵现实，帮助玩家获得"在场感"。

首先，店家与 DM 通过对服装、道具、灯光、音乐的管理，建构一个富有沉浸感的"世界"。这一点我们已经在第二章中阐述。剧本杀正是通过构建一个空间，使玩家既是观众又成为创作者，模糊了"前台"和"后台"的界限，同时又将一部分"他者"送到了玩家面前，玩家作为参与者深度沉浸在该空间中，既表达自己，也倾听他人，实现了人与人之间在场感的深度交流。① 其次，剧本作者也会有意"利用"玩家的"出戏感"，在虚拟与现实的反转中完成叙述性诡计，给予玩家震撼的沉浸式体验。比较典型的有《雪乡连环杀人事件》。在"开本"② 前，DM 普遍都会将所有玩家拉入同一个微信群，通知时间、地点、注意事项等，这被玩家视为游戏开始前的固定流程，属于"现实空间"的范畴。但是在《雪乡连环杀人事件》中，作为 NPC 的角色"程俊"会扮演一位普通的玩家加入群聊，并且在开始前"跳车"③。这一段经历一开始会被玩家误以为是发生在"现实空间"的插曲，随着剧情的深入，玩家才会逐渐推理出"跳车"的第七位玩家实则起到了重要的作用，在他们看不见的地方操纵着整个游戏，整场戏在玩家没有意识到的时候就已经开始。玩家心中假定的现实空间坍塌，虚拟全面入侵现实，玩家也获得了"头皮发麻"的震撼以及沉浸式的快感。

随着技术的革新，VR 剧本杀也受到了业界的青睐。VR 剧本杀，即玩家佩戴 VR 头戴式显示设备，在虚拟场景中体验故事剧情、参与案件搜证等环节的剧本杀，是正在兴起的一种剧本杀模式。VR 剧本杀是在"虚拟空间"上的极致追求，将现实中的玩家、场景、剧本、线索等内容都通过 VR 呈现，头戴式显示设备就像连接真实与虚拟的大门，解开了

---

① 白雪，王艳. 定位・沉浸・在场：论剧本杀场景的建构. 电影文学，2022（15）：72 - 75.

② 剧本杀 DM 带领玩家正式开始玩某一个剧本。

③ "上车"意为玩家组队准备加入一场剧本杀游戏，"跳车"即某玩家临时退出游戏。由于剧本杀有固定的人数限制，"跳车"会给其他玩家带来极大的不便，所以剧本杀有个不成文的规则：禁止"跳车"。"跳车"的玩家将被要求支付所有玩家的游戏费用。

玩家在"现实空间"中的束缚。随着"元宇宙"概念的兴起，VR技术与剧本杀强调的沉浸式体验天然适配，双方的结合焕发出了全新活力，给予了年轻人新体验和新刺激。

"剧本杀＋"，开拓新阵地

换上服装，拿起剧本，在旅游景点开启一段"穿越式"的沉浸式推理，这样的"剧本杀＋文旅"模式已经成为热点，众多旅游景点相继推出与景区、古镇结合的剧本杀项目，打开了景区新流量的入口。"剧本杀＋文旅"已创新运用在部分城市文旅事业的建设之中，对打造地域特色IP、更好地塑造文化自信起到了积极作用。[①]

比如成都文旅宽窄巷子有限公司打造的大型实景剧本杀《宽窄十二市》就以城市为题材，与著名经典IP场景融合，除了在案情、人设等方面精密烧脑，还注入了成都的民俗文化。该剧本杀以历史上的成都"十二月市"为背景，用剧情游戏的方式，创立因漆器、蜀锦、蜀绣、酒醋四项传统手工艺而闻名的"四大家族"，将巴蜀商业中著名的手艺匠作归为"十二门派"，打造蜚声国内的在地文化元素。[②] 玩家不仅能与真人NPC互动，还可以体验AR/VR技术，这些全新的消费场景，让玩家在沉浸式游戏中体验成都的城市文化与民俗文化。"剧本杀＋文旅"比起一般的剧本杀，用时更长，价格也更高，一个2～3天的"剧本杀＋文旅"项目的价格在几百至上千元不等。洛阳的"剧本杀＋文旅"亦十分突出，在整合其丰富文旅资源的基础上，洛阳市文旅部门打造了40个实景剧本杀，源源不断地吸引着年轻消费者。

---

① 黄晓晔，张源容．以"剧本杀"为载体的青年思想政治教育创新研究．聊城大学学报（社会科学版），2022（6）：99－104．

② 西部文明播报．央视聚焦的文化街区 宽窄巷子到底有何魅力．（2021-11-30）[2023-04-30]．https：//baijiahao.baidu.com/s？id＝1717804707518716423&wfr＝spider&for＝pc.

除了景点与剧本杀的合作，民宿、博物馆、图书馆等也纷纷开启了与剧本杀结合的尝试。成都市青城山壹点探案馆改造了一家位于青城后山竹海的占地 1 000 平方米的山庄型酒店，推出了两天一夜的实景剧本杀《杏》，配套服务包括食、宿、青城山一日游；长沙博物馆以法门寺唐代宫廷文物精粹展为载体，开发了全国首个博物馆剧本杀《法门梦影》，玩家通过扮演唐代人物角色，了解历史人物的故事，体验唐朝的煮茶焚香文化，感受大唐气象；济南市图书馆也开启跨界，推出了"图书馆×剧本杀"的主题活动。

除了"剧本杀＋文旅"，"红色剧本杀""儿童剧本杀"也在不断发展中，它们将红色文化或儿童教育的内容内嵌到剧本杀中，寓教于乐，让青少年、儿童更容易接受。比如 2021 年下半年，央视网联合中国动漫集团共同发起《风云剧会》剧本演绎征集活动，对剧本杀行业进行价值引领，征集以"家国情怀"和"光辉历程"等为主题的 500 多部主旋律剧本。同年 7 月，广东共青团联合"百变大侦探"剧本杀 App 共同打造"红色密码"系列主题剧本杀，引导青少年一代感受和学习先烈的志气、骨气、底气，其中《百年风华》的评分高达 9.0 分，超过 50 万人参与传播。① 儿童剧本杀则一般以角色扮演为主，以奇幻或历史题材为主要内容，比如让儿童在扮演中学习"荆轲刺秦王""鸿门宴"等历史故事；或者是以"展览馆奇妙夜"为主题的"破案＋赏析"模式，培养儿童阅读、语言表达、逻辑推理等能力。当然，红色剧本杀和儿童剧本杀也可以和文旅结合，开发红色景点的沉浸式剧本杀，或者是欢乐谷、环球影城等"主题公园＋剧本杀"。

当前，"剧本杀＋"不仅受到业界瞩目，也获得了政策的青睐与扶持。2020 年 11 月 18 日，文化和旅游部发布《关于推动数字文化产业高质量发展的意见》（以下简称《意见》），提出支持文化文物单位、景区景

---

① 陈实，王颖．数字化时代红色文化传播新载体：以"剧本杀"为例．学习与探索，2023（3）：174－181．

点、主题公园、园区街区等运用文化资源，开发沉浸式体验项目，推动沉浸式业态与城市公共空间、特色小镇等相结合，开发沉浸式旅游演艺、沉浸式娱乐体验产品，提升旅游演艺、线下娱乐的数字化水平。① 《意见》的出台为近年来兴起的沉浸式体验业态提供了相关政策支持，"剧本杀＋"可以有效地开发、利用中国优质文化资源和地方特色文化资源，促进中国文化产业的发展以及转型。不过"剧本杀＋"在高速发展中也暴露了一定的问题。比如"沉浸式旅游"并不是简单的剧本杀和景点的结合，要根据不同景点的内涵开发打造不同的剧本杀，挖掘区域特色，让玩家在玩剧本杀的过程中真正地体会到历史文化、民族风俗，而不仅仅是"古装两日游"；红色剧本杀应该展现时代背景、人物内心，以情节动人，不能变成另一种"样板戏"；儿童剧本杀不能打着寓教于乐的旗号，却成为变相的补习辅导。剧本杀本身尚且处于新兴阶段，"剧本杀＋"的新体验更需要在实践和探索中发展。

---

① 黄永林 . 推动数字文化产业高质量发展 . 中国社会科学报，2021－02－09（8）.

下 编

剧本依旧是剧本杀游戏的底本，它要承担三个任务。第一个任务，它要在故事设计层面为游戏建构一个完整的生活世界，包括：（1）一个完整的核心事件，通常是谋杀案；（2）与核心事件息息相关的人物，这些人物或者直接制造了事件，或者是这个事件不可回避的受益者或受损者；（3）这个事件发生的背景，包括特定的环境、时代、文化、习俗，以及与之匹配的人物行动法则，也包括多方当事者的关系、过往、"前传"；（4）人物行动的动机，包括凶手作案的动机、相关人物破案、寻找真相的动机、自证清白的动机、还原整个事件的动机等；（5）细致入微，在某种意义上几乎在现实中"切实可行"的作案手段，一般而言，这个手段几乎"完美"，出乎意料，耸人听闻，当然，它也必留有痕迹，甚至漏洞。第二个任务，它要在叙事层面将上述要素与信息尽可能隐藏起来，通过分角色和使用第二人称限制视角的方式，分割事件，颠倒时序，隐瞒动机，（帮助凶手）设置圈套，最大限度地将本来已经异常复杂的事件二度复杂化。须知，这是剧本杀故事，是游戏，剧本不为"破案"提供方便，而是相反。"命案必破"只是伦理要求和类型规定，而过程似乎在"助纣为虐"。当然，"风浪越大鱼越贵"，案件越是复杂，过程越是艰难，破案后的结果就越愉悦，这符合欲望延迟满足的心理。在攻防转换中，尽显高手过招的惊险与刺激。第三个任务，它要为玩家提供一个明晰的动作指示，下达阶段性的行动路线和指标，也就是游戏中的"关卡"，在抽丝剥茧的分析讨论中寻找真相。这里的"动作"与一般影视、话剧剧本不同，无须"下场"进入故事或者设置的故事场景中，它更多指向"脑力动作"和玩家们之间的讨论互动。所谓的"演戏"，在很大程度上只是领取一个人物身份，从各自人物的视点与视角上去破案（包括阻挠）。这个任务往往分解并放在副文本中。

呈现在玩家眼前的剧本（包括剧本和副文本）是完整的，但剧本的写作既要有整体构思，也要步步为营，一口吃不成胖子。下编主要讨论剧本写作的几个核心环节，包括确定所写剧本类型、制造核心事件、设计各色人物、设计整体世界观、精心投放信息、合成写作剧本、设计副文本等。它们既是剧本杀故事设计和叙事设计的一部分，也是具体的剧本写作步骤。

第六章　确定剧本类型

- ◆ 推理本：成为福尔摩斯与莫里亚蒂
- ◆ 还原本：寻找真相，找回记忆
- ◆ 情感本：体验人生，真情流露
- ◆ 阵营本：各自为谋，利益之战
- ◆ 机制本：新玩法，新体验

　　开始创作剧本杀的第一件事情，自然是确定创作的剧本杀类型。剧本杀可大体分为推理本、还原本、情感本、阵营本、机制本这五种基本类型。而市面上常说的欢乐本、恐怖本，是由剧本杀所营造的氛围划分的，在玩法上需要与推理本、机制本等结合，在此不多加陈述。

　　虽然我们将不同类型的剧本杀剧本分开讲解，但在实际创作中，各类型并不是全然独立存在的，推理还原本、情感还原本、机制阵营本等兼类现象时常存在。

推理本：成为福尔摩斯与莫里亚蒂

　　推理本是一切剧本杀的源头，几乎所有的剧本类型都由此衍生。现今"凶案推理"已成为一种必要元素，绝大部分剧本杀中都有凶案事件，因此市面上也不再有"推理本"这一分类。不过推理本这一类型并没有消失，仍在继续向前发展，但《死穿白》[①] 这类简单的推理本已经无法满足玩家的推理需要了，推理爱好者需要更加复杂、更加考验脑力的凶案，因此推理本发展出了**硬核推理本**。

　　推理本最引人入胜的地方是**凶案的设计**，或者说制造"完美"凶案所必需的**核心诡计**的设计，即"在案件中，凶手所采用的可以掩饰自己是杀人凶手的主要方式，同时也是作者所呈现出的种种谜团破解的关键"[②]。自然，硬核推理本的核心诡计更加复杂，玩家需要更加严密地整

---

　　① 《死穿白》（*Death Wears White*）：早期剧本杀作品，2013 年被引入中国。Guillaume Montiage 设计，Asmodee 公司发行，下有引用不再注释。

　　② 诡术 ANKA. 剧本杀进阶小知识：什么是核心诡计．（2022 - 02 - 24）［2023 - 04 - 30］. https：//www. xiaohongshu. com/explore/62175828000000002103eeee.

合信息、推理，积极开动脑筋，才能破解核心诡计，找到真凶。

《眠梦不老泉》[①]中存在三起凶案，玩家面对不同的凶案需要破解核心诡计。第一案的核心诡计是"天衣无缝的不在场证明"，凶手 A 假扮成死者 B 的模样，租了一间公寓，公寓的主人 C 与儿子 D 轮流看守公寓，A 只与 C 见面交流过，D 从没有见过 A。A 烧掉 B 的住处，随后以朋友的名义邀请 B 暂住在自己的公寓。在 D 看守公寓期间，A 与 B 进了房间，A 在房间里割破 B 的动脉，伪装成自杀，随后 A 离开公寓。A 与 D 交流，让 D 确认自己已经离开，随后假扮成 B 前往酒吧与 C 交流，"延长了 B 的死亡时间"。为了让自己的不在场证明有效，且不能让 C 回到公寓发现尸体（这样 C 就会认出尸体不是自己认识的 B），A 提前打了电话报警，这样 C 就不会有机会目睹尸体。第三案的核心诡计是"不可能的密室"，凶手 A 用网兜装满干燥的海藻（浸泡后会膨胀数倍），塞进与温泉室相连接的排水口，并预留一根绳子，将绳子绑在一匹马的尾巴上。失明的 B 独自一人在温泉池里泡温泉，被温泉水浸泡过的海藻膨胀后堵住排水口，水不断堆积。当 B 发现时，想要打开门，却因为水压无法打开，且温泉水的开关位于另一个房间，于是 B 被淹死。最后 A 吹响哨声，马儿闻声奔跑，将装有海藻的网兜带出。

能够发现剧本杀作者与推理小说作者一样，喜欢针对"不在场证明"与"密室"设计核心诡计。《眠梦不老泉》第一案是有栖川有栖所说的"证人产生错觉"型，结合了"在人物上作伪证"与"在时间上作伪证"。第三案的密室设计虽然无法完美贴合卡尔的推理讲义，但就像二阶堂黎人所说，无非是"行凶时，凶手不在室内"。

虽然剧本杀作者仍然可以创作千变万化的核心诡计，但是前有那么多优秀的推理小说作品，本格这条道路上并不容易出新、出彩。而硬核推理本需要更复杂的核心诡计，为了实现这一点，引入神明、妖怪等不可思议的存在，加入科幻元素，成了硬核推理本常见的做法。剧本杀作

---

① 《眠梦不老泉》：yobbo 著，GoDan 阿斯巴甜发行，下有引用不再注释。

者将故事放置在一个更加辽阔的幻想世界内，在虚拟世界中尽情发挥与创造，如有神明存在的《木夕僧之戏》、有高科技存在的《周公游记》等。

《摩西之星》[①] 将故事放置在星际虫族背景中，故事中的角色有人类、超智能机器人、绿叶虫等虫族。在故事中，虫族发明出能够夺取人类大脑意志的"侵蚀液"，可以在人外表完好的情况下杀死人的意志，取而代之。案件的凶手 A 是虫族，他培育出能够杀死虫族的有毒蝴蝶"霜蝶"，将成蛹的"霜蝶"藏在花盆里，随后将能够吸引虫类的诱虫剂喷在演讲台话筒上。演讲过程中 B 粘上诱虫剂，在密闭的办公室内被破茧而出的"霜蝶"咬死。《摩西之星》的核心诡计与幻想的世界观深度结合。莫里亚蒂[②]从上百种谋杀方式中选择了最搞笑的手段，"福尔摩斯"们则需要接受一切不可能，在不可能中寻找唯一的可能。

推理本以凶手与侦探们的对抗为核心，凶手极力隐藏自己的身份，侦探们积极寻找真凶。总而言之，推理本以凶案的设计为核心，其他一切事件，如人物关系、个人成长经历等，都为凶案的成立而服务。

现今纯粹的推理本已经少之又少，硬核推理本往往也与还原本相结合，在推理出凶手后再进一步还原整个故事。选择创作推理本，必定是脑海中有一个精彩的核心诡计想要实现。

还原本：寻找真相，找回记忆

"还原"指的是在剧本杀游戏中，玩家对自己角色的身份、人物之间

---

① 《摩西之星》：李可欣著。本作品系首届江苏省"金本奖"剧本演绎创作大赛获奖作品，本书摘录的剧本内容已获得作者同意，下有引用不再注释。

② 莫里亚蒂，即詹姆斯·莫里亚蒂教授（Professor James Moriarty），是阿瑟·柯南·道尔所著小说《福尔摩斯探案集》中的角色，被公认是超级反派的鼻祖，侦探夏洛克·福尔摩斯的头号宿敌。

的关系、世界观背景、故事内容等部分不知晓或全然不知晓，需要在游戏过程中通过阅读剧本、与其他玩家角色互动交流，才能逐渐拼凑出故事的全貌。也即是说，整个故事并不是直接呈现在玩家面前的，而是需要玩家破解叙事、重构事件，在游戏中"获得"故事。以这种玩法为主的剧本杀，被称为还原本。

还原本分为两类：一是与情感本结合，即情感还原本；二是与推理本结合，含有凶案推理元素，几乎没有感性思维的参与，即硬核还原本。

在还原本中，最常使用的方法就是"失忆"：所有玩家都失去了记忆，所以找回自己记忆的过程，就是逐步拼凑故事全貌、寻找真相的过程。

《大梦·朱颜改》① 一共有四部剧本，每位玩家从第一部阅读至第四部（1. 男鬼女鬼剧本；2. 破东西剧本；3. 人物名字剧本；4. 物件剧本），并阅读结局（5）。玩家游戏的顺序为"1—2—3—4—5"，而故事发生的时间顺序则为"2—3—4—1—5"，玩家在故事即将结束时进入故事，通过回忆记起这之前发生的事情，最后又回到现在的时间线。

情感还原本的结构大抵如此，如《就像水消失在水中》《世界上最美的溺水者》等都遵循类似的文本结构与游戏逻辑，玩家在阅读中一点点找到自己丢失的记忆，在互动中得知自己不知道的事情，最后一起拼凑出故事的全貌，解答一切因未知而产生的疑问。

《雾月人鱼潭》② 的角色们没有失去记忆。以女仆莉莉的视角为例，莉莉的真名是露娜·洛夫德，她在小的时候出了车祸，一家人掉进人鱼潭，最后只有她一个人获救。姑姑伊芙琳将她抚养长大，她一直深受噩梦困扰，长大后成为一名心理医生，作为摄影师的姑姑却在人鱼潭附近

---

① 《大梦·朱颜改》：南山先生著，西安蛛丝马迹发行，下有引用不再注释。
② 《雾月人鱼潭》：月莎著，LARP工作室发行，下有引用不再注释。

失踪了。她化名莉莉，潜入坐落在人鱼潭附近的贝姆洋馆当女仆。当贝姆洋馆的老爷去世，洋馆里的所有人都聚集在一起，趁着这个机会，她雇用外地游客潜入人鱼潭。游客在人鱼潭里发现了一具尸体。为了查清姑姑的下落，莉莉要查清死者的身份以及杀害她的凶手，并且保证自己的身份不暴露。众人四处寻找信息，莉莉在查清死者身份的同时也发现了人鱼潭的人鱼传说。随着故事推进，人鱼潭内又发现八具尸体，众人又经历了第二轮、第三轮搜证，发现藏于洋馆地下的人鱼冢，人鱼冢内满是人鱼死尸。众人查明了死尸的身份，莉莉知道了自己的姑姑被他的爱人、老爷的弟弟杀死。通过查清尸体的身份及凶手，众人发现了掩藏在背后的秘密，原来初代贝姆家欺骗了人鱼，凭借人鱼成为富豪，被囚禁、挖眼的人鱼诅咒贝姆家的女儿将死于挚爱之手，儿子必杀死挚爱，贝姆家的九尾夫人是八百比丘尼的后代，随着年龄增长身上会起脓疱、长鳞片，现在的莉莉其实是人鱼所变，人鱼为了上岸占据了小女孩的身体。

从《雾月人鱼潭》的故事可以看出，虽然故事中有数个凶案，玩家需要找到凶手，但故事并没有到此结束，游戏的重点是玩家在推理凶案的过程中发现的隐藏在凶案背后的故事，这是一切不幸的起因，类似的还有《年轮》等。

《关于北原千夜的一切》[①] 以一起凶案（第一案）的庭审开场，原告与被告在庭审上争辩案情，最后 A（玩家扮演的角色之一）被判无罪，神秘的第三人北原千夜登场。随后，大家收到北原千夜的求救信来到教堂，DM 饰演的神秘人说北原千夜坚称自己无罪，请众人帮他找到证据。案件的疑点在北原千夜没有杀害死者 B 的作案动机，追溯至多年前发生的一起强奸案（第二案），北原千夜作为强奸犯被判有期徒刑十年，北原千夜仍然坚称自己无罪，众人经过推理发现这场强奸案完全是 B 对北原千夜的陷害。再回到现在的案件，北原千夜坚称自己无罪，案发现场又

---

① 《关于北原千夜的一切》：南海十三郎著，禾风发行工作室发行，下有引用不再注释。

出现了第四人，大家注意到在后山发现的第二具尸体C，多年前A意外撞死C，将C埋于后山，大家想到了多年前在教堂里D杀死E的案件（第三案），案件中C就是关键证人。D始终坚称自己无罪，经过一番推理，众人发现是B杀死了E。

到此，北原千夜在第一案中的杀人嫌疑还是没有洗清，神秘人给出信息：C是北原千夜的儿时玩伴，最后大家推理得出C作伪证嫁祸给D，是为了让D的丈夫律师F坚信自己的妻子没有杀人，从而一直追查下去，进而使北原千夜的强奸案翻案。E其实就是北原千夜本人，因为患病命不久矣，就以自己的性命设计B。E已死，F为了证明自己的妻子D没有杀人，一路追查，发现了案情的真相，为了揭露一切，以北原千夜的名义自首。因此，A的一次酒驾意外撞死了C，使得一起冤案硬生生拖了十年。

正如其名《关于北原千夜的一切》，这部硬核还原本三起案件环环相扣，最后还原出北原千夜才是三起案件最核心的人物。虽然有很多凶案推理环节，但这部剧本杀是还原本而不是推理本，是因为游戏中基本由DM带领玩家前进，在主持人手册中创作者直接建议DM采用0.5秒领先原则，快玩家思维0.5秒说出真相。第二案、第三案的信息全都由DM提供，DM带领玩家一步步从第一案推到第三案，再由第三案发现北原千夜的所作所为。而玩家所扮演的角色多是这些涉案人的后辈，他们有自己的生活，但为了找到凶案的凶手，最终也还原出了自己父母辈的人生。

由以上例子可知，还原本大致可分为两类：一类是找回自己的记忆，还原自己的故事；一类是还原他人的故事。在推理还原本中，所要还原的可能是人物的身份和经历，也可能是在超现实条件下，还原游戏中光怪陆离、神秘诡谲的世界观和设定。

选择创作还原本，就意味着要将故事的大部分真相隐藏在文本中，等着玩家通过合作揭开秘密。比起推理本，还原本更需要作者安排、统筹信息的能力。

情感本：体验人生，真情流露

　　情感本是剧本杀经过数年发展，为了扩大受众面而产生的一种剧本类型。情感本的写作不需要非常强大的逻辑推理能力，玩家也不需要是推理爱好者。情感本注重情感体验，核心是通过沉浸式演绎让玩家体验故事中的爱恨情仇。情感一般分为亲情、友情、爱情、家国情等。情感本有专注于一种情感的，如《你好》《世界上最美的溺水者》；也有多种情感兼具的，如《就像水消失在水中》《再见萤火虫》。一般来说，情感本缺不了爱情，大部分情感本会将人物组成"CP"（couple，情侣）展开互动。

　　情感本常常通过人物剧本与互动环节不断压抑玩家的情感，在结尾的高潮处，又以 DM 的心灵拷问、亲密之人的信件和遗言等作为最后一根稻草，压垮玩家心中压抑的情感，使之彻底爆发。"失忆"与"死亡"是情感本常用的套路，失忆的角色在游戏最后揭开该角色其实已经死亡的真相，时常是情感本的一大泪点。

　　"情感"不涉及玩法，不能独立存在，如果只是单纯的情感本，那么不过是一部小说罢了。情感本一般选择与推理本、还原本相结合。由于凶案推理在剧本杀游戏中是普遍存在的要素，所以情感本一般代指与推理本相结合的情感本，如《你好》；与还原本相结合的则是情感还原本，如《告别诗》①《再见萤火虫》等。前者的故事结构与推理本相同，后者的故事结构与情感本相同，只不过情感本对剧情的描绘更加细致。

　　情感本好不好玩不仅取决于故事的质量，还取决于玩家与人物的共情程度。不同的玩家对同一故事可能会有截然相反的情感体验，因此情感本如何塑造玩家的情感体验以及让玩家真情流露的过程，不仅要从创

---

① 《告别诗》：林喜喜、鸽子著，月影工作室发行，下有引用不再注释。

作端看，也要从玩家端看。《洗劫伦敦所有的玫瑰》① 是一个主打爱情的情感本，三对情侣中，一对是穿越千年的爱恋与守护（千年前的埃及女法老与侍卫），一对是两个孤独灵魂的相互救赎（透明人与天气之子），一对是双向奔赴的落日恋人（狼人与吸血鬼），三对情侣间的联系较薄弱。文本内容基本按照顺序展开，时不时插叙，回忆从前的往事。游戏环节前期欢乐互动，中期 DM 鼓励玩家说出自己的爱情故事增强体验感，后期通过 DM 的询问，玩家一遍遍拷问内心，沉浸在爱情故事中。

现今盒装本市场萎靡，但盒装本《洗劫伦敦所有的玫瑰》却大受玩家欢迎，有不少玩家为自己扮演的角色写长评，分析人物性格及其爱情线。如玩家"推理辅助位的萨勒芬妮"评论，"一开始认为纳芙蒂蒂只是痴心妄想要重建古埃及帝国的愚蠢女王"，但随着对纳芙蒂蒂了解的深入，开始理解这位埃及艳后。故事里纳芙蒂蒂女王与奴隶阿努是情侣，但在三千年前纳芙蒂蒂的回忆里阿努只占很小的一部分，她有她的国家、臣民、兄弟姐妹，她掌握着至高权力。玩家"推理辅助位的萨勒芬妮"直言："拯救阿努只是一个很小的部分，在她看来是无关紧要的事情"，"这种高高在上的感觉实在太爽，即使我作为玩家也感到肾上腺素飙升"。谈及纳芙蒂蒂与阿努的感情线，这位玩家认为：纳芙蒂蒂如果没有来到现代社会，永远也不会爱上阿努，因为阿努只是一个奴隶；纳芙蒂蒂对阿努是一见钟情的，"因为阿努自己都忘记了他的本名，但是纳芙蒂蒂在那一天就记住了，记了三千年，最后临死前告诉他，西斯奥丁，我还你自由"。

玩家的用心评论也呼应了创作者的用心写作。剧本中对纳芙蒂蒂三千年前生活的描写处于全文中间的位置，在整个回忆中纳芙蒂蒂的故事并没有局限在她与阿努的身上，甚至在这个爱情本中纳芙蒂蒂还答应了NPC 伊塔的求婚，两人即将走进婚姻的殿堂。

---

① 《洗劫伦敦所有的玫瑰》：北京小吃车工作室汤圆、焖子著，小茶蛋、车马巷监制，北京萝卜头文化出品发行，下有引用不再注释。本书摘录的剧本内容已获得作者同意。该剧本杀为 2023 年"千岛剧本杀"小程序想玩热榜 NO.1。

伊塔同样出身贵族，拥有正统血脉，在你登上王位后，他一直
为你奔走发声，压制旧贵族的蠢蠢欲动，这些你都看在眼里。

你坐在纯金打造的王座上，单手托腮，眼神一如平常，依旧那
么冰冷高傲。

沉思了一会儿，你微微颔首，他匍匐到你的裙边，跪着亲吻了
你的手背，向你发誓，他将用千年不变的真心，侍奉与辅佐你。

（《洗劫伦敦所有的玫瑰》）

作者描写了伊塔向纳芙蒂蒂求婚的场景，动作、神态、心理等描写
都从不同角度衬托出纳芙蒂蒂的形象，"纯金打造的王座""单手托腮"
"微微颔首""匍匐""跪"等词语都显露出纳芙蒂蒂作为埃及女王的身份
高贵与地位超然，与她在现代苏醒后想要复国的愿望相呼应。

《洗劫伦敦所有的玫瑰》并没有用到特别的叙事技巧，只是将主角作
为一个立体的人物进行塑造。**只有当人物站立起来，与人物相关的爱恨
情仇才能够令人信服。**

感情本所塑造的人物、描写的情感故事必须贴合当代青年男女的生
活与喜好：快意恩仇、果敢爽快的形象更受喜爱，而优柔寡断、始终一
步三回头、被命运推着走的角色更容易遭到非议，自然"圣母"也早已
退出了青年人的市场。

如某剧本塑造了一个琴师的角色，虽然她有国仇家恨要报，但全程
都只在弹琴造琴，没有任何实际行动。该剧本评论区有不少玩家表达了
对这个角色的不理解，有玩家认为："百分之八十的女性玩家都不会有任
何代入感，复仇的路上我就像个废物一样……我只能弹琴。如果是我，
我真想砸了这把琴然后去杀敌。"因为剧本没有写出这一行为的合理性，
只是轻描淡写地说他们家世代弹琴，只为皇帝弹琴，所以这名玩家不明
白："为什么我一直在弹琴，复仇也在弹琴。"

显然该角色的所作所为与当代青年人的价值观相悖。因此即使创作
的是古代背景、虚构世界的情感本，也必须贴合现代的价值观与思想。
同时，作者没有像《洗劫伦敦所有的玫瑰》那样对想要表达的内容进行

细致与详尽的描写，这也会让玩家无法带入。

而《超人气偶像剧》① 切中青年人的怀旧心理，曾经风靡一时的台湾偶像剧故事出现在这部剧本杀剧本中，狗血桥段在故事里层出不穷，台味儿的台词与演绎让玩家一瞬间回到千禧年台湾偶像剧盛行的时代。

玩家"七夜化羽"评价："（两人）认识的小细节，争吵、邂逅、慢慢萌生爱的枝芽……每个角色都有自己鲜明的个性、羁绊关系。"

以"温暖阳光的活泼开朗大男孩，拥有世界上最清澈善良的眼眸，略显凌乱的刘海微微地盖住他剑一般的眉毛，整个台北最可爱的小可爱"② 卓依言为例，卓依言的剧本故事花了 24 页的篇幅描写他的家庭状况以及他与 CP 安以琳初见、认识的过程（全文剧本共 60 页）。随后在行文间穿插小游戏：【无法逃避的相处】玩家讨论八卦的主角，在游戏过程中安以琳的任务是因为嘴巴肿 5 分钟不能说话，而卓依言的任务是逗她说话，两人可以得到道具信息"饭团"（卓依言做给安以琳的）；【对 TA 的浪漫告白】其他人怂恿卓依言表白，安以琳拒绝了他的表白，众人"喝酒"微醺后一起玩你画我猜、真心话大冒险增进感情；【彼此的纠缠拉扯】安以琳与卓依言演绎老师创作的恋爱小故事；【热恋中的高浓度糖分】老师与每个人谈话，问出每一对的现状与彼此的心境。

从每一幕的标题可以看出，CP 之间的感情随着剧情的发展在逐步升温，创作者在每一幕配备了相应的小游戏帮助玩家代入，小游戏的层级一步步递进，从没有肢体接触到暧昧，再从肢体接触到诉说热恋时的状况。

总体而言，细腻的描摹、真挚的情感是情感本的灵魂所在，一切游戏玩法都只是辅助，像爆款情感本《来电》只有一个简单的推凶玩法，即使褒贬不一，但不可否认的是，它感动了许多玩家。

---

① 《超人气偶像剧》：甜心著，海上仙山文创发行，下有引用不再注释。
② 摘自《超人气偶像剧》的"组织者手册"。

阵营本：各自为谋，利益之战

阵营本的特殊之处在于玩法，角色分为不同的阵营（或明或暗）进行博弈，最终阵营的胜利就是玩家的胜利。

阵营本普遍存在机制玩法，玩家通过机制玩法进行比拼，最终决出阵营的胜利。大部分阵营本没有特殊的写作方法，以平铺直叙为主。在阵营本中，玩家会按照人数分成不同的阵营，一般来说阵营与阵营的人数相当。有的阵营本一开始就告诉玩家同阵营的成员构成，有的阵营本则需要依靠玩家的推理找到自己的同伴，根据剧本情况的不同，玩家能在不同的阵营之间摇摆。

《孤城》的故事发生在 1931 年的一座边疆小城，国民党、共产党、西北军与劫匪几方势力聚集在这座小城内。故事开篇，阵营处在暗处，玩家需要在游戏中判断自己的盟友与敌人。第一轮游戏，玩家进行公聊与私聊，目的在于了解更多信息；第二轮发生凶案，玩家需要查明凶手的身份；第三轮，以阵营为单位、以暗拍的方式拍卖军火物资，共举行两次拍卖；第四轮，玩家凭借第三轮拍卖来的物资进行"打斗"并尝试射杀 NPC。每个玩家都有自己的任务（包括成功指认凶手），完成每项任务都有相应的得分，最后分数最高的阵营获得胜利。

《将至》[①] 的故事发生在王朝衰败的架空古代，存在隆丰、景华、息然三个争夺天下霸主之位的阵营，玩家皆是武功高强之辈。第一轮，游戏玩家公聊后互相切磋、比拼武功。第二轮，发生凶案，玩家寻找杀人凶手，找出凶手的玩家可以得到丹药"增加武力值"。在第一轮与第二轮搜证间有搜身环节，玩家须将自己的物品放进左右口袋内，每人都有拿走别人一个口袋的机会。第三轮，DM 公布隆丰、景华、息然三个阵营，

---

　① 《将至》：殷无忧著，老玉米联合工作室发行，下有引用不再注释。

阵营首领由玩家担任，三名阵营首领无法改变阵营，其他玩家选择阵营加入，随后展开阵营间的打斗。第四轮，两名玩家单挑，DM询问其中一位玩家问题，根据回答不同进入不同的随机事件，第四阵营（NPC）突然来袭，有一名玩家需要做出选择，是否暴露身份弹琴辅助，击败NPC阵营。最后，根据第三轮阵营获胜的结果，决定哪一方阵营首领登基为帝，第四轮玩家的选择也会对结局产生不同的影响。

由以上两个例子能够发现，阵营本由一个个游戏环节组成，每一个游戏环节的游戏结果都对最后的阵营胜利产生影响，增加胜利玩家的获胜资本。游戏接近尾声时，最后的游戏环节会对结果起到决定性作用。游戏以一方胜利而结束，一种情况是经过多轮游戏，其他阵营的人全部死亡，一般最后环节为"打斗玩法"；另一种情况是经过多轮游戏，某一方"可计量物品"（金钱、积分等）的数量最多。

阵营本的阵营对抗根植于故事，故事的背景以及人物在故事中的位置都可能影响游戏的玩法以及玩家实际的体验。如《末班车》[①] 讲述的是1945年抗日战争结束前夕，日军秘密制订了"末班车"行动计划，妄想实现其最后的野心图谋，玩家们分为中共、军统、日军三方阵营，一齐踏上这班列车，最后所有人都被日军聚集在一起，经历严密的审查。在游戏中，"河田惠子"因其日本人的身份受到日军格外关照，可以无条件获得一次私聊机会；玩家假扮的"鬼宫井"可以利用威望，强搜任意在场之人，迫使其交出所有隐藏未交的线索。在搜证阶段，为了避免日军的怀疑，每个人的搜证时间只有一到两分钟，搜证花费过长时间会导致日军的怀疑程度加深，致使行动受限。如搜证少于一分钟，则获得日军信任，本轮获得举报权，举报成功可以主动私聊；搜证时间在一到两分钟，会被日军轻度怀疑，没有举报权，可以被私聊；搜证时间超过两分钟，遭受日军高度怀疑，无举报权，且会被直接搜身，不可私聊。

---

① 《末班车》：妄语臣著，剧游方舟发行，下有引用不再注释。

在进行阵营本创作时，我们必须首先思考故事背景以及人物关系之间的冲突，由故事中合理生发阵营冲突，同时故事又影响着游戏环节的设置与玩家任务等。因此，天生带有阵营冲突的谍战题材在阵营本中十分受欢迎，青年人在体验谍战阵营本时既能切身体会到革命先辈的艰辛与坚韧，又能进行自主选择，彰显自己的个性与思考。

机制本：新玩法，新体验

机制本是一种混杂、含糊的剧本类型，以凶案推理、还原、阵营以外的玩法为主体的剧本杀剧本都可以称作机制本。

实际上，最初只有推理本存在，还原本与阵营本都是新的游戏玩法，也算是机制本的一员，但还原本与阵营本的游戏玩法得到大量复制，出现了庞大的实践成果，因此从机制本中独立出来，自成一类。

所以，将机制本称为剧本杀的试验田也不为过。

因为机制玩法是创新性玩法，玩家事先并不了解，所以创作者必须提前解释规则。如《以父之名》[①] 的机制玩法是"枪战"，每位玩家手持一把手枪向自己以外的人射击，直至敌人全部死亡。

（1）每个人在一个回合里可以选择【开枪打一个人】/【躲】/【使用技能】，不能轮空。

（2）一个回合里每个人只能干一件事，每个人的血量、子弹数、闪躲次数和技能的使用次数都有限制。除非对方主动告知，否则他们不知道别人的技能，也不知道别人的血量和子弹数。

（3）在不使用技能的情况下，一次开枪，用掉一颗子弹，在敌

---

① 《以父之名》：浅汐著，拾柒工作室发行，下有引用不再注释。本书摘录的剧本内容已获得作者同意。

人没有躲闪的情况下打掉对方一滴血。

（4）在不使用技能的情况下，一次开枪，在敌人躲闪的情况下空枪，浪费一颗子弹。

（5）假如有两位或多位玩家对同一玩家开枪，中了几枪就掉几滴血。假如被打的那位玩家躲闪，则只能躲掉一点伤害。（假如玩家使用了技能打他，优先躲避技能。）

（6）每打死一个敌人（让对方血量空），可以获得一颗子弹。（多位玩家一起打死一人，则通过掷骰决定谁拿到子弹。）

（7）一位玩家死去（血量空），则退出打斗，没有任何回血/复活机制。

（8）若最后还剩一名以上的玩家，但是大家都没有子弹了，则通过"轮盘赌"的方式决出最终胜利者。

如上引文，这一枪战玩法一共有八条规则，这八条规则是创作者思考了游戏中的各种可能性得出的结论。在创新玩法时，我们必须预先想象各式各样的游戏可能，用规则补足漏洞，防止状况发生却没有规则限制的情景。

如表 6-1 所示，《以父之名》对血量、子弹数、躲闪次数都进行了游戏化处理，有时人物会有相应的技能辅助打斗（每个人物的技能不同），从布鲁尼的技能可以看出有时人物的技能来源于其人物故事。

表 6-1　　　　　　　《以父之名》人物枪战能力表（节选）

项目 人物	血量	子弹数	躲闪次数限额	技能
安娜	4	4	2	可为一颗子弹加强伤害，打掉对方两滴血
布鲁尼	4	4	2	技能 1. 可以找 DM 洞悉一个人的行为，DM 必须如实告诉他（只能用一次） 技能 2. 克莱尔的护身符会为他带来好运，一次躲闪可以躲避两颗子弹

玩家决定好每回合的行动之后，需要将行动写在纸上，随后将纸条

递交给 DM。所有人递交完毕后，DM 进行统计，记录每一个人的血量、子弹数、技能消耗、闪躲次数，如表 6-2 所示。统计完毕后，玩家需要将刚才的行动如实演绎出来。还可以增添一个开灯/关灯机制：每回合通过掷骰子、抛硬币等方式决定此回合行动是开灯还是关灯。若开灯，大家可以看到彼此的行动；若关灯，则 DM 将灯关闭，玩家互相看不到彼此行动，也不知道谁开的枪。

表 6-2　　　　　　　　　　《以父之名》枪战结果统计表

回合 ＼ 玩家	丹特	安娜	克里斯	玛莎	布鲁尼	西蒙
第　回合行动						
结算	子弹： 血量： 闪躲： 技能：	子弹： 血量： 闪躲： 技能：	子弹： 血量： 闪躲： 技能：	子弹： 血量： 闪躲： 技能：	子弹： 血量： 闪躲： 技能：	子弹： 血量： 闪躲： 技能：

《以父之名》通过规则将难以统计的打斗规范化，采用回合制战斗的方式使打斗的结果可计算，以纸条的形式将玩家的思考固定下来，又通过演绎将每个人的结果表演出来，还增添开关灯环节，增加趣味性。玩家需要预判其他人的行动，使劲开动脑筋，进行心理博弈。同时，此刻已到达剧情的尾声，玩家间已然打成一片，演绎环节突出青年人的"逗比"属性，释放他们的表现欲。有别于电子游戏的即时战斗，《以父之名》通过层层设计将战斗游戏化的同时，也使其可在现实中实现，是这类玩法设计的典范。

"打斗玩法"在机制本中十分常见，如《刀鞘》《雪乡连环杀人事件》等，在不同的剧本中，打斗的起因、目的、结果各不相同，打斗的玩法与游戏规则也各不相同。

除了打斗玩法，另一种常见的机制玩法是"事件机制"，即玩家需要一起完成任务。剧本杀《收获日》[①] 就是这样，如表 6-3 所示。

---

① 《收获日》：HBDD 著，出山工作室发行，下有引用不再注释。本书摘录的剧本内容已获得作者同意。

表 6-3 　　　　　　　　　　　　《收获日》玩法表

玩法＼人物	贝克·巴顿	艾琳·琼斯	沃尔夫·肖	琼恩·派克	马克·亨特
能力	出租车司机：作案星级在四星及以下时，不需要花费金钱消除星级，但星级达到五星时，作案失败，仍然需要清空初始金额以保释其他人	指纹密码锁的指纹（准备阶段）：接近目标任务需要准备装束（性感、优雅、知性、可爱）和话术（激将、奉迎、打压、共情），搭配正确才可获得指纹	黑客技术：a. 入侵银行的监控（24h）（准备阶段使用）b. 远程破译密码（6min）（潜入环节使用）c. 紧急入侵城市监控（逃跑环节使用）	开锁工具：打开任何非电子密码锁、手铐以及接线打火启动车辆等（1min）精通各类工具、装备使用（负重4.5g）	在准备阶段，提供银行的警力分布图、银行地图和安保巡逻图等信息两套出警方案二选一：A为放水方案，B为表面放水实则抓捕方案
准备阶段	1. 巴顿选择目标；2. 琼斯套取信息；3. 肖执行时间；4. 派克选择刀具；5. 亨特选择出警方案；6. 所有人共同制定路线				
潜入环节	事件 1：发现 1 000 万美元还在运钞车上 玩家抉择（3min）： 1. 只要金库里的 260 万美元 2. 尝试打开运钞车，装运钞车里的钱 3. 开运钞车跑（需要开锁工具） 事件 2：警卫戴夫还有 5 分钟到达 玩家抉择（3min）： 1. 杀了/电晕戴夫，继续装钱，然后快速原路返回 2. 不管戴夫，继续装钱，然后快速原路返回 3. 不管戴夫，开车跑路				
（逃跑环节）	出现大量警车追捕，选择出警路线 A 需要 1 个帮助，选择出警路线 B 需要两个帮助				
分赃阶段	由大家自由讨论财务分配，如果在 10 分钟内无法达成共识，则平均分配				
时间	现在是 20 日凌晨 2—3 点，3 点后开始规划行动，运钞车离开的时间为21 日早 7 点				

就像打斗一样，"完成任务"在现实中也具有许多变数，我们需要将完成时间的流程游戏化、固定化。玩家们都需要为完成任务而努力，他

们的付出都要对任务有所贡献。与相互对抗的打斗不同，完成任务往往需要玩家间相互合作，事件的时间与地点、玩家的能力等外在信息皆是游戏的规则，规则不可模棱两可，必须清晰明了，逐条厘清，如盗窃行动的三个阶段［准备、执行（可能触发逃跑）、分赃］、作案行为的严重程度（如表 6-4 所示）、玩家技能等。之后，玩家需要按照规则展开行动，依次按照顺序完成自己的工作，任务完成与否取决于玩家工作的总和，有一环出错则任务失败，一般情况下众人所花的时间总和对任务有很大影响。类似的剧本有《来电》《极夜》等。

表 6-4　　　　　　　　《收获日》作案行为严重程度表

作案行为	星级	备注
只盗取现金	★	入侵和盗窃银行的金库，加一星
盗窃车辆	★	作案时盗窃和开走车辆，加一星
使用电击枪	★	使用电击枪击晕安保人员，加一星
进入逃跑阶段	★	如触发逃跑环节，加一星
使用军刀	★★	使用军刀杀害一位安保人员，加两星
遗留作案工具	★★	逃跑时遗留了作案工具在现场，加两星
星级越高，作案行为越严重 每增加一星，每人需花费十万元消除星级；星级达到五颗星时，作案失败，扣除每人所有初始资金		

此外，还有《大梦·朱颜改》中玩家根据图画猜成语，《悬崖边上的根号三》中玩家根据给出的字母图案解出数字密码，《叫爸爸》[①] 中玩家将残缺的图案补齐等。

总体而言，虽然机制本的游戏玩法多样，在创新玩法时，创作者都必须思考"什么样的游戏—游戏的规则是什么—玩家如何展开游戏—如何统计结果"，只要解决了这些问题，玩法就可以落地。

除了执意将某种游戏玩法引入剧本杀，我们在进行剧本杀写作时，不会一开始就想创作一个机制本。**机制玩法为故事服务**，当现有的玩法

---

① 《叫爸爸》：栗子著，联合趣玩 UnionFun 发行，下有引用不再注释。

无法支撑起我们的故事时，我们就会寻求新的游戏玩法。一部剧本杀剧本的机制玩法不宜过多，玩家理解游戏规则也需要时间。在同一套游戏规则下，玩家时常进行 3~4 轮游戏，如《收获日》中盗窃完银行后又会盗窃珠宝、《来电》中需要先后诈骗多个目标等。

第七章　　制造"凶杀案"

- ◆ 聚集在一起！
- ◆ 为什么聚集在这里？
- ◆ 作案吧！如何作案？
- ◆ 全部行动！这天大家都做了什么？
- ◆ 逮捕？逃脱？最后结局！

故事即一系列按时间顺序与逻辑关系排列的事件,"话语"是故事得以传达的方式,故事与话语共同组成了叙事。故事可以分为**背景事件、起始事件、核心事件以及结局**。核心事件是"故事的中心,相较于其他事件,它起着聚合目标和核心的作用,失去它,故事其他事件就失去了方向,俗称'故事核'"[1]。对剧本杀而言,角色的聚集是故事的起始事件,推理本的核心事件是凶杀案,以凶杀案为核心的推理本是一切类型的基础;凶杀案设计分为作案动机、作案时间、作案手法,同时作案当日各个角色的动线也需要特别关注。

聚集在一起!

背景事件包含人物的童年经历、成长经历、人物与人物间的关系等信息,当玩家接触背景事件时还处于阅读阶段,而**起始事件则是玩家从"阅读"到"互动"的一个过渡阶段**。

在剧本杀中,起始事件往往是一个"聚集"事件,角色主动或被动地聚集在一起,紧接着凶杀案就发生了。剧本杀大体遵循"三一律"法则,即"一天之内,一个地点,一个主题"。故事中角色的齐聚与现实中玩家齐聚在一个房间进行游戏相对应,在起始事件发生时,玩家从"阅读"走向"互动",故事世界也入侵了现实,通常此时**故事时间=现实时间**。

在本格推理小说里,特定的情境通常是"暴风雪山庄"模式,一群人聚集在一个相对封闭的环境内(暴风雪山庄、密室、孤岛等),由于特殊情况无法与外界取得联络,所有人都暂时无法离开这个环境,侦探在

---

[1] 许道军. 故事工坊: 修订版. 北京: 中国人民大学出版社, 2022: 9.

这样的情形下进行有限度的搜查和推理。

以现代为背景的剧本杀剧本最好沿用"暴风雪山庄"的模式，因为只有在"暴风雪山庄"里，"侦探"才有出场的余地。《死穿白》中，托尼为了救治自己的哥哥/姐姐，将金属柜放倒堵住了门，室内形成了密闭的空间，同时他手持手枪威胁每一个人，不允许他们报警，从心理到外在都制造了一个密闭空间，杜绝警察的到来。

部分剧本杀剧本生硬地将推理任务交给角色们，难免显露出故事与游戏的嫁接感，使人感到不自然，容易使玩家出戏。明明有警察，警察却让他们先自行寻找线索搜证的情节在这些剧本中时有发生。为了照顾故事逻辑，像《孤城》就只允许嫌疑最小的四个人进入现场搜证。

在剧本中，需要一个角色承担"召集"的功能，将所有玩家带入特定的世界观与情境，将他们聚集在一起。"召集"的人选不一，可能是故事 NPC，可能是某位玩家，也可能是 DM。

《前男友的 100 种死法》中，玩家方娉茹将要举办婚礼，写邀请信邀请其他玩家前来。

在《大梦·朱颜改》中，每个角色都想要去人间，NPC"鬼差"告诉玩家如何前往人间并建议他们结伴而行。我们能获悉，只有对地府有足够了解的"鬼"才能知道这些信息，因此《大梦·朱颜改》引入有一定地位的"鬼差"，担当"召集人"。

《再见萤火虫》的角色都是萤见泽的居民，他们都参加了盛大的春日祭。春日祭举办场所的附近就是神社，每位角色都可以自行前往。就算如此，依旧存在一个"召集人"，清原治发现了受害人的尸体通知大家："鹤田，他出事了。"

没有明显承担"召集"功能的角色的剧本，往往是在叙事时省略了召集过程。如《时光里的回声》一开篇角色们就在一起回忆往昔，显然省略了他们相约楚门的情节；又如《木夕僧之戏》一开篇角色们就出现在森林里，省略了木夕僧将他们召唤来的情节。"聚集"事件客观存在，游戏想要展开，角色们必须聚集在一起，这对应现实里玩家聚集在圆桌前的场景，但它并非玩家必须知道的必要事件，可以通过叙事手段进行省略。

为什么聚集在这里？

我们需要思考两个问题：大家聚集在哪里？为什么会聚集在一起？

常见的聚集地点大致可以分为三类：某人的所属地，公共场合，废弃地点。

如《年轮》中，众人的聚集地点是一座位于 T 市郊区 160 多公里外的山谷里的废墟。《死穿白》中，众人的聚集地点是医院，既是公共场合，也是大多数角色的工作场所。《刀鞘》中，众人的聚集地点是会议室。《极夜》中，众人的聚集地点是前往极地冒险的"新大陆号"。但实际上，可能的聚集地点远不止三类，如《极夜》的聚集地点就很难归入其中。

聚集地点并非随意选定。**选择哪里作为聚集地点，取决于众人的动机，关乎着故事的行动逻辑：众人为什么会聚集在一起？**

理论上只有三种聚集的原因：主动到此，被动到此，本就在此。

《极夜》中，众人得了皇室的命令，决心去南极探险，他们自然会在去南极之前聚集，形成一个团队，不是在前往南极的船上，就是在某个作战会议室内。《年轮》中，众人最亲近的人皆死于非命，他们几乎同时收到一则相似的电话："你知道××怎么死的吗？今晚九点前，祖谷废墟找我。我告诉你发生了什么。记得一个人来，否则你就永远别想知道事情的真相。"为了探寻真相，五个人全部在同一时间前往废墟，因此在废墟相遇。

如上所示，故事中的角色都具有相同的聚集动机，在这种情况下，故事往往具有整体性。《极夜》中，玩家都会面临南极的各种生存考验，最后面临荣誉与诚实的选择，选择是否成为第一个站上南极点的人；《年轮》中，玩家将会发现被杀死的人是他们最爱的那个人。

此外，也存在不同角色因为不同的动机聚集在一起。《死穿白》中，大多数角色都是医生，医院是他们工作的场所，在下班后来不及离开是理所当然的事情。其余的角色，如盖尔是医生的妻子，前往医院一是为了接丈夫一起去朋友家吃饭，二是为了杀人；而神父汤姆是病人，来医院是为了治病，同时物色帮自己修改病历的医生；托尼前往医院，是因为接受了理查德的委托要去盗取数据；科斯塔潜入医院伪装成实习生，是为了找出倒卖器官的人。由此看，《死穿白》中除了凶杀案主线外还有三条支线：一条是医院贩卖人体器官，一条是神父修改病人病例造假显神迹，一条是理查德觊觎德雷克研发的新药物。而《极夜》与《年轮》中没有支线，显然，**人物的聚集动机与人物的行动动机相一致**。

动机关乎行为：他为什么来到这里？他来到这里以后又会做什么？

也有例外，如《刀鞘》中的人物聚集在一起是因为本来就有一个会议要开，大家只是被动地参与会议。但《刀鞘》是一个谍战本，所有人都处在天津保密局内，处在一个相对封闭的环境中，如果从更大的视野看，天津保密局就是一个聚集地点。众人聚集在这里有着各自的目的，与他们的阵营相关，有的是为了守卫国民党，有的是作为间谍潜入。

也有人物不明所以的剧本，他们不知道自己为何出现在这里、为何聚集在这里，如《木夕僧之戏》《就像水消失在水中》等，这类剧本往往以倒叙的方式展开，玩家（角色）在开篇是失忆状态，有的只是失去了来到这里的记忆（如《木夕僧之戏》），有的失去了大部分个人经历的记忆（如《就像水消失在水中》），这类情形往往是第三者（如神明）的力量导致的，或是角色们已经来到死后的世界。

总而言之，我们在思考人物为什么聚集在一起的时候，应该多与**人物的目标与动机**联系在一起。

主动到此的人物具有强烈的目的性，自然故事的参与度也更高。被动到此与本就在此的人物看起来目的性不强，他们并不需要在此，就算不在此也可以，一旦人物有了这样的感觉，人物在故事中的参与度就会变弱，因为他们缺乏目的性，也就缺乏了行动力。

因此，即使是被动到此与本就在此的人物，也必须思考他们"为什么在这里？"，找到他们**必须留在这里的理由**。

作案吧！如何作案？

现在让我们回到凶手视角，当凶手怀着强烈的杀人动机来到此处，或是来到此处陡然见到仇人决心杀人，他会怎么做？

必须要先说明，前者与后者所导致的杀人手法不一样。前者是蓄意杀人，凶手可能筹划了许久，作案也更加严密；而后者是激情杀人，作案可能更显粗糙。

玩家几乎察觉不到两种情况的区别，但作为创作者，必须明白二者的分别，以达到逻辑自洽。

凶杀案设计可以遵循如下思路：

一个最简单的凶杀案需要几个人？

答案：两个人——凶手与受害者。

凶手为什么杀害受害者？——作案动机。

凶手什么时候杀害受害者？——作案时间。

凶手如何杀害受害者？——作案手法。

作案动机、作案时间、作案手法组成凶杀案的三要素，也组成了整个凶杀案的谜底。随着谜底的揭晓，凶手也随之浮出水面。

凶手通过对作案动机、作案时间、作案手法的伪装、隐藏、改变与误导，增加破获案件的难度，也将自己隐藏于大众玩家之中。

如若要增加凶杀案涉及的人数，可以从凶手与受害者两边下手。凶手是否不止一个？受害者是否不止一个，或者说凶手杀错了受害者？

可能的凶手与受害者的增加，都会大大增加案件破解的难度。

1. 作案动机

可能的凶手不一定都会作案，但都拥有**作案动机**。常见的作案动机有仇杀、财杀、情杀等。

角色的作案动机必须足够**强烈**，促使其杀人。虽然现实中存在"无差别杀人""激情杀人"等现象，但在剧本杀中不可以出现毫无道理的杀人，因为动机关乎故事逻辑，如果作案动机不够强烈，那么整个凶杀案的立足点就会消失，逻辑链就会断裂。角色与死者之间的矛盾必须足够**迫切**——不杀，"我"就得死；不杀，"我"意难平。不得不杀，或者一定要杀，这样的动机绷紧了戏剧性和张力。

在剧本杀《死穿白》中，凶手盖尔·里莫瑞特想要杀死自己的丈夫汉斯·里莫瑞特的动机非常强烈且迫切，符合上述要求。

强烈：盖尔出轨；盖尔是汉斯的巨额保险的受益人之一。

迫切：盖尔怀了出轨对象的孩子；汉斯面临医疗事故官司，前途不保。

再来看《死穿白》中其他可能凶手的动机。

安德鲁·帕罗斯基：汉斯的老师兼同事，优秀的外科医生，嫉妒汉斯杰出的天赋；他的儿子出车祸时，汉斯作为值班医生未能挽救他的性命，安德鲁迁怒于汉斯。

西尔维娅·科斯塔：护士长，由于母亲重病需要大量的钱，所以暗中参与非法器官贩卖，导致汉斯陷入医疗事故官司，汉斯似乎也发现了她暗地里的勾当。

理查德·伯克利：希望掌握汉斯的双胞胎弟弟德雷克（实际死者为德雷克）发现的新药数据，雇用盗贼去窃取。

神父汤姆：德雷克治疗了他的阳痿，知道他最大的秘密。

我们能够明显地看出动机的强烈程度：盖尔＞安德鲁＞科斯塔≥理查德＞汤姆。盖尔的作案动机更加多重，因此如果凶手目前的作案动机不足以让她动手，那么不妨尝试再给她添加一重动机。

凶手的作案动机来源于凶手与受害者交际产生的直接或间接矛盾冲突，来自人物与人物的关系，这部分皆属于背景事件，与人物的性格、成长经历息息相关。由此，我们能够看出，人物与故事是不可分割的。

本节内容在下一章"设计人物故事"中还会详述，因此不再拓展分析。

2. 作案时间

在故事中，大部分角色有作案动机和一些不可告人、必须隐瞒的信息，主观动机不足以锁定凶手。玩家需要成为侦探，找到客观证据，锁定真凶。

几乎所有的推理题材作品中，发生凶杀案之后警察/侦探对嫌疑人问的第一个问题便是："××时间你在哪里？谁可以证明？"

作案时间是排除嫌疑人以及直接锁定凶手的关键证据。

在作案时间范围内，没有不在场证明的角色都具有作案嫌疑；相反，在这段时间内拥有不在场证明的角色就排除了作案嫌疑。在《年轮》中，所有的角色都拥有相似的作案动机，都可以使用相同的作案手法，唯一能够判断的只有作案时间，玩家需要通过互相确认不在场证明，才能找出真正的凶手。如表 7-1 所示。

表 7-1　　　　　　　　　　《年轮》时间关系表

时间	A	B	C	D	E	F（死者）
21:00	F 出现	F 出现	F 出现	F 出现	F 出现	出现
21:20	F 离开	F 离开	F 离开	F 离开	F 离开	离开
21:20—21:50	AD 互证	自己	自己	AD 互证	自己	
21:50—22:15	AE 互证	自己	CD 互证	CD 互证	AE 互证	
22:15—22:40	AB 互证	AB 互证	自己	DE 互证	DE 互证	
22:40—23:05	AD 互证	BC 互证	BC 互证	AD 互证	自己	

续前表

时间	A	B	C	D	E	F（死者）
23：05—23：20	AC互证	BE互证	AC互证	自己	BE互证	
23：20—23：30	与F见面	BD互证	CE互证	BD互证	CE互证	与A见面
23：30	杀人后故意尖叫	听见叫喊前往				死亡

由于作案时间是锁定凶手的关键证据，创作者便可以在作案时间上大做文章，比如混淆死者的死亡时间、伪造不在场证明等，令游戏更有难度和挑战。不在场证明指"在行凶的时间段之内，被认为是凶手的人看起来却在另外一个完全无关的地方"。

推理小说发展至今，产生了许多作案手法，部分作家在自己的小说中整理归纳了这些作案手法，这一内容被称为"推理讲义"。与作案时间相关的有有栖川有栖在《魔镜》中整理的"不在场证明"推理讲义。

第一种类型，"证人作伪证"型。

第二种类型，"证人产生错觉"型。

关于第一点，即在时间上作伪证，可以有多种可能性。

第二点，在地点上作伪证。

第三点，在人物上作伪证。

第三种类型，即"犯罪现场有误"型。

第四种类型是"伪造证物"型。

第五种是伪装不在现场的计谋中的精华，即"犯罪时间推测有误"型。这种类型还可以细分为如下两种类型。第一类，将犯罪时间提前；第二类，将犯罪时间推迟。

实际上，第五种类型还可以有另外一种分类方法，即医学计谋与非医学计谋。

第六种类型是"路线存在盲区"型。利用铁路线犯罪的推理小说作品很多。

第七种类型是"远距离杀人"型，即罪犯案发当时确实不在现场，而是在另一个地方采用计谋将对方杀害。这种类型也可以分为两种情况：一、机械性计谋；二、心理性计谋。

机械性计谋与心理性计谋是密室计谋的两种类型。因此，对处在密室中的被害人实施"远距离杀人"也是一种密室杀人手段。

第八种类型，这种类型与第七种类型有些相似，我称之为"诱导式杀人"，即通过某种方法诱使对手自杀。

第九种类型……应该叫作"在案发现场"型。[①]

虽然剧本杀凶杀案的创作方法与推理小说不同〔推理小说呈现的信息完全取决于作家，剧本杀则不然，在进行剧本杀创作时必须考虑每一个角色（玩家）在这场凶杀案中的位置〕，但这些推理小说的诡计手法仍然具有参考意义。

3. 作案手法

作案手法往往是创作的重点，是凶杀案的重头戏。

凶手必定使用各种各样的方法（核心诡计），通过不一般的作案手法，保证自己杀死受害者后，没有人能够发现他是真正的凶手。而故事中的其他人，也就是凶手以外的其他玩家，需要做的就是看破凶手设下的层层伪装，找到真正的杀人凶手。

这里主要探讨现实世界可实现的作案手法，超现实世界的作案手法往往涉及世界观设定，将在第九章"建构故事世界"中详解。

凶手用（　）杀死了受害者，随后用了（　）方法误导其他人，掩盖了自己的杀人事实。

显然，凶手行凶分为两部分，第一步是用凶器杀人；第二步是清除自己的杀人痕迹，甚至嫁祸他人。

杀人有砍、刺、射、砸、重击、勒、溺、烧、投毒、斩首、通

---

① 有栖川有栖．魔镜．吴崇，王忠武，译．珠海：珠海出版社，2003：223-230.

电甚至吓死等方法，需要刀、剑、手枪、重物（花瓶等）、绳、毒药、匕首、电击器等不同的杀人工具。

用不同的方法、不同的工具杀死受害者，会造成不同的痕迹。

如，死者的脖颈处有勒痕并出现吉川线①，可以推测出｛死者是被勒死的｝｛死者在死前有过挣扎｝，并进一步推测出死者是被人用"绳索或类似绳索的东西"勒死的。

因此在设计痕迹时，我们必须将痕迹与特征（身材体貌、作案手法、凶器等）一一对应起来。

比如《死穿白》中盖尔·里莫瑞特枪杀了"汉斯"，现场就留下了与枪杀有关的痕迹，这些痕迹都成为信息。

盖尔朝着"汉斯"开了两枪，尸体身上就留下了两个弹孔。开枪后她需要处理凶器，于是她将手枪扔进了垃圾桶，这把手枪后来又被理查德捡到。

可见，当凶手清除杀人的痕迹时，又会制造出新的痕迹。凶手掩盖罪证的手段越多，"侦探们"需要突破的迷雾越多，信息的搜集、整合、推理越困难，但最后找到凶手的成就感也会越强。

常见的作案手法有制造不在场证明、模仿杀人、不可能犯罪等。不在场证明已在"作案时间"部分讲解过，不再赘述。模仿杀人一般模仿名著、诗歌或传说中的场景布置杀人现场，一般是连续杀人。如《木夕僧之戏》中，发生了一起连环杀人案，所有死者的手中都拿着一个木夕僧玩偶，正是这一标志性的场景布置让人们认定这是一起连环杀人案，但实际上，每一起杀人案都是不同的人犯下的，并且他们之间没有联系，一开始是巧合，后来就变成了犯人刻意模仿"木夕僧杀人"，将杀人现场伪装成连环杀人案。

不可能犯罪是在推理小说中运用最广泛的作案手法，如密室、足迹

---

① 俗称抓痕。指脖子被勒住时，受害人下意识用手把勒住脖子的绳子向外拉而导致的抓伤。可作为他杀的判断证据之一。

消失等。有关密室杀人的推理讲义非常多，如约翰·迪克森·卡尔的《三口棺材》、克莱顿·劳森的《死亡飞出大礼帽》、二阶堂黎人的《恶灵公馆》等。

"案发现场的密室的确密不透风，凶手未曾逃出的原因，是凶手实际上不在密室里"，约翰·迪克森·卡尔的《三口棺材》[①] 是最早的推理讲义，在小说中，他通过侦探之口阐述了密室杀人的多种可能性。他将密室杀人分为非谋杀、谋杀、自杀假装成谋杀三类。三类密室杀人又可细分为以下七种：第一种为非谋杀，是一连串巧合阴错阳差造成了貌似谋杀的事故，在此不多介绍；第二种属于谋杀，是受害人意外撞进死亡陷阱或误中圈套亲手杀害自己，如"利用'鬼屋'的恐怖氛围，或加以心理暗示，更常见的方法则是从屋外输入毒气"；第三种属于谋杀，凶器是事先安装在房中的某种机械装置，由受害人触发，如"藏匿于电话听筒中的自动手枪，受害人一旦拿起听筒，子弹便呼啸而出、穿颅而过"；第四种属于自杀假装成谋杀，如"死者用冰柱刺死自己，冰柱融化后，密室中找不到凶器，案件遂被判定为谋杀"；第五种属于谋杀，凶手利用魔术手法和易容术误导证人，如凶手伪装成受害人离开房间，制造受害者此时还未死亡的假象；第六种属于谋杀，这种作案手法被称为"远距离谋杀"，指"凶手在房间外下手，却造成案发时凶手必须在房间内的假象"；第七种属于谋杀，作案手法与第五种相反，即"受害人的推定死亡时间远早于实际作案时间"，如受害人先被下药而昏睡不醒，当大家破门而入时，凶手趁大家不注意行凶，并误导其他目击证人，令他们以为受害人早已死亡，《唐人街探案 3》中的杀人手法就是此类。

如《刀鞘》的作案手法是凶手提前换掉了医生药瓶里的药物，医生在不知情的情况下将药物注入受害者的体内，最后导致受害者死亡。当时受害者在监牢内，面前只有两个人，却突然过敏而亡，在当时的情境

---

① 卡尔. 三口棺材. 辛可加，译. 北京：新星出版社，2019.

下，可以说是另类的密室杀人，与卡尔所说的第三种杀人方式相似，杀人凶手提前布置了机关，只不过运用的不是机械装置。

再如《再见萤火虫》中，凶手杀死受害者后，将死者藏匿，并假扮死者，虽不是密室，却符合卡尔所说的第五种杀人方式。

有时作案手法与作案地点相关，在某个特定的作案地点才能实现某种作案手法，如《红黑馆事件》中密室杀人的成立都取决于红黑馆这座封闭建筑物的成立。一般来说，作案地点就是玩家的聚集地点，如若之后又让玩家移动，那么故事未免显得拖沓。

推理讲义中整理出来的这些作案手法必定是已经在推理小说中被反复运用的作案手法，如若玩家是个推理爱好者，想必对这些手法也十分熟悉。因此，在创作过程中，我们可以从中寻找灵感，但不能直接照抄照搬。在原有的作案手法上进行创新，才能带给玩家不一样的体验。

总而言之，凶手所做的这一切都是在误导侦探们，让侦探们相信他不可能杀人。越复杂的作案手法越能让侦探们陷入困境，无法找到真凶，但越复杂的作案手法的指向性越强，一旦被破解，凶手很难狡辩。

练一练

假设有这样一个故事情境：你因某些原因想杀死某个别墅的主人，你会如何行凶？

此时，你和其他五位客人住在一栋被大雪封死的别墅里，别墅周围除了一条连通外界的小道都是树，天一亮雪就会停。

别墅主人住在二楼，你和其他客人都住在三楼，夜里十二点一过所有灯都熄灭了。第一个起床的人在早晨七点起床。

你随身携带了一瓶氰化钾，厨房里有一把菜刀，仓库里有一捆麻绳。你还在户外捡到了一只折断的弓箭，是另一个客人的。

你身高一米七，是一名医生，常年锻炼，臂力很好。

全部行动！这天大家都做了什么？

在作案当天，凶手行动起来时，故事中的其他人也必须行动起来。如一个七人故事中，一位是被害者，一位是真凶，另外五人中有也想要杀死被害者的人，还有怀有其他目的的人。

作案当日，必定有一个**绝佳的机会**，在这一天，为了达到自己的目的，所有人都会行动起来。当然，我们也可以不详细写出这一天的事情，如《死穿白》就没有详细写每一个人在作案当日都做了什么，但也因此，每个角色从自己视角中获得的线索信息很少。此外，如果无法赋予所有人强烈的行动动机，在作案当日他也不能一直独处，他仍然需要外出闲逛，与众人建立联系。

在作案当日，所有人都行动起来，那是一个建立人与人联系的日子。**A会看见B的部分行为，B会看见C的部分行为，C又会看见D的部分行为……每一个人的目的不同，但他们的行动交织在一起，形成复杂的关系网络。**

而人物一旦开始行动，我们必须保证行动间没有逻辑矛盾，一切都可以在现实中复现。此时，我们需要三张表：

（1）案发时间表（见表7－2）。

（2）地图格（见表7－3）。

（3）行动汇总表（见表7－4）。

表7－2　　　　　　　　　　　案发时间表

时间＼角色	A	B	C	D

表 7 - 3 地图格

1	2	3	4	5
6	7	8	9	10
11	12	13	14	15
16	17	18	19	20

表 7 - 4 行动汇总表

角色 时间	A		B		C		D		E	
	动作	地点	动作	地点	动作	地点	动作	地点	动作	地点

　　我们以《前男友的 100 种死法》为例，演示地图格和行动汇总表的使用方法。首先将案发当日，角色在每个时间段的行动填写在表 7 - 2中，随后将故事中涉及的场景与分布顺序大致对应填写在表 7 - 3 中，最后将表 7 - 2 和表 7 - 3 合并进表 7 - 4 中；当角色具有较强的目的性时，也可以在表格中填写，作为批注。填写并整理后的地图格与行动汇总表如表 7 - 5 和表 7 - 6 所示。

表 7 - 5　　　　　　　　　《前男友的 100 种死法》地图格

1 草坪	2 一楼客厅	3	4	5
6 201	7 202	8 203	9 204	10 205
11 206	12 207	13 208	14 209	15 210
16 301	17 302	18	19	20

表 7 - 6　　　　　《前男友的 100 种死法》人物行动汇总表（节选）

角色 时间	A 动作	A 地点	B 动作	B 地点	C 动作	C 地点	D 动作	D 地点	E 动作	E 地点
22:30 前	走流程	1	走流程	1	走流程	1	找受害人	12	报复 D	7、12
22:45 — 23:00	与 E 谈话	1	找妹妹 C	2、12、16、17	找受害人	2、12	昏迷	12	回草坪	2、1
23:00 — 23:45	照顾 D	2、6	打电话	17	玩情趣游戏	12	被发现	12、6	探望 D	2、6、7

　　结合表格，我们可以清晰地掌握人物的时间和行动，更好地安排作案时间。《前男友的 100 种死法》中，所有角色聚集在别墅准备参加明天的婚礼，但婚礼前夜命案发生了。命案发生当晚，众人的行动主要集中在 22:30—23:45，主要涉及的地点是草坪（1）、一楼客厅（2）和受害人所住的 207 室（12）。如表 7 - 6 所示，行动顺序应是下面这样的。

　　①A、B、C 在草坪（1）进行婚礼彩排，D 去找受害人，E 偷偷离开草坪，装扮成蒙面人并在 207 室门口打晕 D。

　　②C 离开草坪去 207 室找受害人。

　　③B 发现 C 消失，回别墅找 C，路过 207 室听见里面的谈话声，回

到 3 楼。

④E 回到草坪和 A 谈话。

⑤E 和 A 被管家通知 D 昏倒在 207 室门口，已被送回 201 室，两人前去探望 D。

此处我们能够发现一个人物动线的矛盾冲突点，按照时间线，B 与 C 经过 207 室门口时，D 还晕倒在门口，但是两人的剧本视角中都没有提及，这就使得人物行动产生了漏洞，显然剧本的创作者并没有发现这一漏洞。

如果创作者发现了人物行动的碰撞，就可以及时判断 D 和 B、C 是否需要相遇，并在剧本中补充相应的内容。若是需要相遇，则应该令 B、C"目击"昏倒在 207 室门口的 D，并且做出反应；若是不需要相遇，应该将 D 昏倒的时间推迟或被发现昏倒在 207 室门口的时间点提前，避让 B、C 出现在 207 室的时间点。

人物行动的梳理关乎作案时间的准确性，只有合理的时间/行动线才能推导出合理的作案时间，帮助破案。

我们再来看看《刀鞘》的人物动线。《刀鞘》的人物动线更加合理，如表 7-7 和表 7-8 所示（下文句中括号内的数字为地点编号，需与表 7-7 对照来看）。

在 9：00—10：00 这一时间段间，7 个人物都因为各自的目的进行了频繁的移动，人物时常两两相遇，其中审讯室（8）、洗手间（11）、医务室（4）是人员进出最密集的地方。

表 7-7　　　　　　　　　《刀鞘》地图格（局部）

1 局长办公室	2 主任办公室以及档案室	3 副局长办公室	4 医务室	5 总务科
6 电讯科	7 行动科	8 审讯室	9	10 会议室
11 洗手间	12 仓库	13	14	15

表7-8 《刀鞘》人物行动汇总表

角色 时间	纪寒士 动作	地点	金点儿 动作	地点	钟子琛 动作	地点	黎丰丰 动作	地点	吴恩光 动作	地点	张思晗 动作	地点	郑可妮 动作	地点
7:00—7:30			注射吗啡	8	回行动科	8、7								
8:30—8:45			监听审讯室	6										
9:00—9:15	偷发报机	5					讨论营救	4			讨论营救	4	去审讯室	8
9:20—9:55	杀刀鞘	8、5	杀刀鞘	4、11、7	到审讯室	7、8	拿药、前往审讯室	4、12、8	讨论、抽烟	7、11、8	回总务科	4、5	怀疑怀孕	8、11、4
10:05	秘密联络	3	监听纪寒士	6									回到办公室	2
10:10	窃取文件	1			审讯刀鞘	8	"审讯"刀鞘	8	回到办公室破译密码	1				
10:15			监听张思晗	6							收听广播	5		
10:20	下毒	10	监听郑可妮	6					回办公室	1	找黎丰丰	4、8		
10:30			监听审讯室	6										
10:40	开会	10	开会	10					召开会议	10	开会	10	开会	10
11:30					通知死讯	10								

按照剧本，行动顺序应是下面这样的。

①9：00，纪寒士去总务科（5）偷发报机，黎芊芊和张思晗在医务室（4）讨论营救刀鞘。

②9：15，郑可妮来到审讯室（8）获取刀鞘信任。

③9：20，纪寒士为了下毒杀害刀鞘进入审讯室（8），遇见郑可妮。吴恩光去行动科（7）找钟子琛。

④9：25，金点儿来到医务室（4），撞见黎芊芊和张思晗，张思晗离开，黎芊芊去仓库（12）取止疼片，金点儿偷换药物。

⑤9：30，郑可妮离开，因为想要呕吐前往洗手间（11）。

⑥9：35，郑可妮听见另一个人进入了洗手间（11）。吴恩光在走廊抽烟看到一个身影朝洗手间（11）的方向走去。金点儿离开医务室（4），去洗手间（11）扔针头和针管。

⑦9：40，金点儿来到行动科（7）与钟子琛谈话。张思晗回到总务科（5）发现丢了一部发报机。

⑧9：45，钟子琛进入审讯室（8）。郑可妮怀疑自己怀孕，去医务室（4）拿验孕纸，在门口遇到黎芊芊准备离开去审讯室（8）。吴恩光准备回办公室，看见黎芊芊与郑可妮的互动。

⑨9：50，黎芊芊进入审讯室（8），纪寒士离开。

⑩9：55，纪寒士来到总务科（5），让张思晗给被捕共产党员准备食物。

《刀鞘》这段时间的人物动线比较完美，人物之间没有碰撞点，频繁有人进入审讯室，也频繁有人离开。医务室也是这样，作者将共处一室的人物控制在两人以内，由于这是一个谍战阵营本，也造成了同一阵营可能两两作伪证的困境，增加了玩家的心理博弈。如若创作者不对人物行动线进行检查，很可能产生玩家发现角色一个个进入房间却没有人出来的尴尬窘境。

逮捕？逃脱？最后结局！

任何一个故事都需要结局。以推理本为例，最后的结局大致可以分为两种，一是**找出真凶**，二是**真凶逃脱**。

推理本的结局往往较为简单，如若是其他类型的剧本杀剧本，则需要使用穷举法，列出结局的所有可能性。

如机制本《极夜》以南极冒险故事为核心，以 DM 扮演的《泰晤士报》记者对探险队成员的采访为结束。根据游戏结果与玩家选择的不同，分为三个大结局：玩家撒谎说英国是第一个到达南极极点的国家；玩家没有撒谎，承认挪威才是第一个抵达南极极点的国家；只有格林存活独自回国。前两个结局中，根据存活人员的不同，也会走向不同的分支结局，创作者事先准备了所有角色死去后的念白，由记者根据情况的不同念出，如表 7-9 所示。

表 7-9　　　　　　　　　　　《极夜》结局念白表

死去的角色	念白
斯科特	斯科特的妻子和已经出生的儿子还在等他回家……
威尔逊	威尔逊的妻子在等待丈夫，他的儿子在等待父亲，等他回家……
比尔	比尔已将他的一切奉献给祖国，他的家中空无一人，无人等候……
查理	查理的父母在等待他们的儿子，等待查理回来和他们顶嘴……
柯马克	柯马克的小木屋已经一年无人居住，以后也不会再有人居住，这个世界上不会有柯马克的痕迹，就像他从未存在过，就像世界上那千千万万困苦的人一样，从未存在过……
格林	格林和他的父亲一样，留在了寒冷的冰雪大陆。空无一人的家里，只有凡·高的画和落灰的笔无声地倾诉着……

剧本不仅有故事整体走向的结局，还可以有角色的个人结局。《搞钱！》中白如镜因为个人选择的不同共有四个结局：白如镜选择相信董建

国，与他厮守终身，为他生下一双儿女；白如镜离开董建国，将名字改回白静静，与赵行远重回美食巷，再次开起白静静面馆；白如镜对爱情失去了信心，离开董建国，与自己的爱慕者李民俊在一起，完全掌握了他的人生；白如镜明白男人不能带给她幸福，从此"万花丛中过，片叶不沾身"，不再与任何男人在一起。

现在的剧本杀剧本仍然存在创作者为了减少创作量，即使是多结局，不同结局间的用语也十分相似的现象，这种情况应尽可能避免。此外，剧本杀故事应尽量从封闭结局走向开放结局，因为封闭结局势必会带给玩家徒劳感，无论"我"做什么，都不会改变故事的走向，而**开放结局将结局的选择权交给了玩家，玩家的自主性大大加强**。

第八章　设计人物故事

◆ 多彩人物，多彩人生
◆ 矛盾横生，有人的地方就有江湖！
◆ 寻找人物的目标

　　一些创作者在创作时，脑海中会先有一个案件与精彩的核心诡计或有趣的玩法，再以此为中心编织人物、故事背景与世界观；还有一些创作者在创作时，脑海中先有人物与故事，再完善整个故事，最后为其增添合适的玩法。无论哪一种创作方式，人物都在玩法与故事（包括世界观）中间起到联结作用。

　　人物是事件的制造者、推动者、承受者、见证者、讲述者，人物与事件是硬币的 A 面和 B 面，不可分割。我们在设计事件的同时，几乎在功能上同时勾勒和限定了人物。在剧本杀游戏中，玩家通过扮演人物去经历事件，体验人生。玩家以人物的身份参与到游戏互动中，以人物的逻辑做出选择与决定，人物设计的质量在很大程度上决定了剧本杀剧本成功与否。与其他故事中众星捧月的人物结构不同，剧本杀故事人物只有多个主人公，而无帮手、助手、帮凶、摇摆者或者随机人物之分，不过他们有时候承担了上述角色的部分功能。完整的故事被分解成多个独立主人公的角色故事，**每一个人物故事都可以独立存在，每一个人物都是自己故事的主角**，而剧本杀剧本由一个个人物剧本组成，也可以说由一个个人物故事组成。有多少个角色，就需要多少个玩家去扮演；有多少个玩家，就需要相应数量的角色剧本故事。

　　事件需要设计，人物同样也需要设计，完整的人物形象建立在基本人设、生平小传和在故事中的行动基础之上。人设和小传只是人物形象的一部分，或者说是基础部分，而他们在整个核心事件中的行动与表现才最终使形象完整与丰富。多数情况下，人物形象随着推理，也就是对人物行动的梳理，可能会发生反转：最可靠的人有可能是凶手，凶神恶煞的人有可能是无辜者。

　　设计人物可以从确定人设、编织人物关系网、寻找人物行动目标入手。当然，剧本杀游戏人物的设计因文体的需要，同小说、影视、戏剧人物有所不同。一是他们不需要充分的成长与变化，其复杂性与丰富性只体现在功能上，而不体现在通常意义的人性复杂、丰富与变动不居上，因为剧本杀重点在于事件推理而不是人性发现，在某种意义上，他们更像是传统故事中的"扁平人物"。二是他们更加具有奇观性，或者说具有更加曲折的经历、更加复杂的人物关系、更加匪夷所思的行动能力与偏好。三是他们的任何行动都具有可解释性，动机与行动一致，能够自圆其说，一般情况下要回避特殊心理，比如潜意识、本能、"恋爱脑"或者受某种特殊文化、哲学观念支配。

多彩人物，多彩人生

人物故事建立在人物设定的基础上。人物设定，也称角色设计，简称人设，指在游戏、影视、动漫或小说中为具体人物设计包括年龄、性别、性格、经历、外表、服饰、表情等在内的一系列细节。它既是人物形象的可视外表，也是人物行动的内在动因。理论上人物设定可以无限丰富，但在实际的故事行动中，只有核心细节或者说必要细节需要优先设计，而那些游离于行动之外的细节可有可无，或者被视为补充细节。由于剧本杀游戏的人物角色需要扮演，为最大可能避免出戏，一些在小说人物设计中可能是自然而然的细节，比如年龄、性别等要素，会被优先设定。另外一些细节，比如具有较强的推理能力、行动能力，也几乎是规定或者说必要的细节。人设与故事设计往往同步进行，并没有严格的先后顺序。

1. 确定人设

人物设定是故事设计的第一个环节。它关乎玩家角色的选择，以及在推理中对人物行动的预期和判定。在确定每个需要玩家扮演的人物的人设时，必须牢记以下两点。

● 每个人物都具有**推理能力**，不应该设计出存在智力障碍、无法正常思考的角色。

● 每个人物都具有**行动能力**，他们能够形成行动目标，并为了自己的目标付出行动，最好不要设计出无法自主行动的人物。

人设包含年龄、性别、社会身份、性格特质、家庭背景、社会关系等多个方面。剧本杀剧本所需要的人设经历和背景可以很丰富，但形象体系并不像小说那样复杂，在剧本杀中人物往往是扁平的，很少有人物弧光出现，或者说人物的弧光应由玩家创造。

不同类型的剧本杀剧本对人设丰富度的要求有所不同，总体来说理性本对人设丰富度的要求都不高，情感本则需要较为细腻地刻画出人物的心境变化与情绪感受。在情感本中，剧本人设与玩家的契合度对剧本的游戏体验有很大影响，玩家与人物越契合，越容易对剧情产生共鸣，游戏体验越好。因此情感本通常不建议性别反串，在选择角色时经常会使用小游戏、小测试等帮助玩家选择与自己最契合的角色。

在理性本中，玩家通常随机选取角色，人设与玩家的游戏体验基本无关。因为理性本注重玩家的逻辑推理与演绎，玩家的情感体验只是附加品，所以理性本中的人物设定都会趋于简单，如《雪乡连环杀人事件》在选本时只会介绍："北道河子村村长儿子——崔凯强，炼钢厂厂长儿子——陈吉，炼钢厂会计儿子——卓司元……女性角色：三朵村花之一——性感火辣李开心，三朵村花之一——知书达理王琪，三朵村花之一——活泼可爱萧萌。"[1]

但人物是支撑故事的核心，人设的不同会左右故事的不同走向。不同的人设面对同一件事会有不同的反应，只有人设与事件相匹配，其叙事逻辑才会流畅。因此无论是创作什么类型的剧本杀剧本，创作者都需要在人设上下功夫。如某一剧本中，一名角色的真实年龄是 50 岁，她假扮成 30 岁的样子，并且她杀了人。当扮演该角色的玩家被询问"你最重要的秘密是什么？"，通常玩家会认为"杀了人"是最重要的秘密，但在剧本中设定

---

① 引自《雪乡连环杀人事件》的"组织者手册"第 16 页，经作者许可引用。

"伪造年龄"才是最重要的秘密。没有足够的人物性格铺垫，没有用文字充分说明角色对"美貌"异常关注，故事逻辑与事理逻辑就产生了矛盾。

2. 确定性别分配

常规剧本杀剧本中，男女人物应该人数相当。通过表8-1、表8-2、表8-3我们可以发现，6～7人的剧本杀剧本男女性别比基本持平，这是多数剧本杀的共同特征。性别比会直接影响剧本杀剧本的受众群体。如《今夕何夕》采取5男2女的人物设置，明显"故事更偏重于男性玩家的情感体验"[①]，自然目标受众以男性玩家为主；又如《前男友的100种死法》采取5女的人物设置，虽然可以反串，但很明显其目标受众以女性玩家为主。

因此，在设计人物之初，我们需要根据故事的需要，依从目标受众确定人物的性别。

表8-1   情感还原本《告别诗》人物设定

角色	性别	特征
楚云歌	女	内向、敏感。因为长相漂亮，一直遭受校园霸凌
林星落	女	讨好型人格，会习惯性地笑，一直跟在陆泽远身后
苏橙	女	男孩子性格，大大咧咧，小太阳，没有意识到自己对顾言的喜欢
余心乐	男	看上去阳光开朗，实则怕孤独，属于渣男"上岸"角色
陆泽远	男	钢铁直男，不太会哄女生
顾言	男	话少，内向，一直跟在苏橙身边默默守候

表8-2   情感还原本《再见萤火虫》人物设定

角色	性别	特征
浅井曜	男	性格开朗，痞中带帅，少年气十足，热爱运动，不爱学习的阳光少年
见崎寻也	男	温润如玉，性格比较优柔寡断
清原治	男	成熟稳重，外表英俊，才华横溢，温柔中带有一丝忧郁气质的男人

---

① 《今夕何夕》：天青炙羽著，大连KEYS工作室发行，引自《今夕何夕》的"组织者手册"第1页，下有引用不再注释。

续前表

角色	性别	特征
清源静河	男	沉默寡言的瘦小少年，平日里十分内敛，几乎都是低着头，很少说话
小泽莉香	女	调皮狡黠，活泼开朗，脸上总是洋溢着灿烂笑容的少女
浅井纱夏	女	美丽优雅，气质清丽脱俗，性格温柔且有些内向的柔弱少女
风间言叶	女	俏皮可爱，性格开朗，十分单纯且有些大大咧咧，容易害羞脸红的少女

表 8 - 3　　　　　　　　机制本《极夜》人物设定

角色	职业	特征	推荐性别
斯科特	军人/队长	领袖气质，有决断力、保护欲、责任心	男
威尔逊	医生	守护者气质，厌恶暴力，注重友谊、爱情和家人	男女皆宜
比尔	军人	进取气质，爱国，重视荣誉和结果，争强好胜	男
柯马克	训犬师	身世悲惨，孤独，与宠物羁绊很深，自由主义	女
查理	学者	学者气质，出身高贵，注重精神世界和科学价值	男女皆宜
格林	画家	艺术家气质，与父亲关系不好，有轻微同性恋倾向	男女皆宜

3. 充实人物细节

在确定人设时，不应该创造出相同的人设，人物应有区分度。

在剧本杀剧本创作中，往往通过**性别**、**年龄**、**身份地位**、**外表**、**性格特质**维度来区分人设。从表 8-1、表 8-2、表 8-3 可知，人物的身份地位有高低之分，外表有美丑之别，根据不同的故事背景有着不同的具体设定，如《极夜》中队长与队员的区别，《告别诗》中成绩好坏的区别，等等。根据身份地位的不同将人物进行区分是最简单的区别方式，相貌的美丑、身材的高矮胖瘦亦是同理。

角色的年龄与剧本杀的受众年龄基本相仿，整体呈年轻化，尤其是在情感本中很少出现中老年人。像《就像水消失在水中》中卫风是老年人，经历的时间跨度很长，玩家时常会觉得难以代入。卫风是故事中非常重要的角色，但玩家在实际体验中的共情却比其他角色要差一些，很大程度是因为其年龄远远大于玩家的年龄。因此，在设计人物与故事时，我们必须考虑故事中人物的年龄。

性格特质是人物设计的重头戏，也是玩家与人物共情的重要桥梁。

心理学界对人的性格有诸多研究，也推出了许多量表，这些量表是我们设计人物性格的有力帮手。

塔佩斯心理学测试"大五人格"的五个维度（**神经质、外向、开放性、宜人性、责任感**）对人的性格进行划分，可以将绝大多数剧本中的人物性格特质囊括在内。

（1）神经质（Neuroticism）：焦虑，生气，敌意，沮丧，敏感害羞，冲动，脆弱。

（2）外向（Extroversion）：热情，乐群，支配，忙忙碌碌，寻求刺激，兴高采烈。

（3）开放性（Openness）：想象力，审美，感情丰富，尝新，思辨，不断检验旧观念。

（4）宜人性（Agreeableness）：信任，直率，利他，温顺，谦虚，慈悲。

（5）责任感（Conscientiousness）：自信，有条理，可依赖，追求成就，自律，深思熟虑。①

五大维度在每个单项上形成两极，有助于创作者设计出不同的人物性格特质。如神经质越高，焦虑、脆弱等特质越明显；神经质越低，情绪越稳定。

当然，由于角色剧本的字数所限，角色的人物故事通常不会将五个维度全部体现出来，"外向"维度是人物设定时最常使用的维度，在故事中必定有外向与内向的人存在。因为在性格特质上，最简单的区别方式就是内向性格与外向性格，内向的角色与外向的角色在感官上带给玩家的差异最大。

同为外向性格的人，其外向程度也有所不同，如《再见萤火虫》中的小泽莉香与风间言叶同属外向型女生，但从文字描述中我们可以很明

---

① 刘玉凡，王二平．大五人格与职务绩效的关系．心理学动态，2000（3）：73-80.

显地发现小泽莉香比风间言叶更加外向。

"开放性"这一特质在《告别诗》剧本中并不明显，如图 8-1 所示，在剧本中，楚云歌、苏橙、林星落的"神经质、外向、宜人性、责任感"都不尽相同，是很明显的三种性格的女性人物。

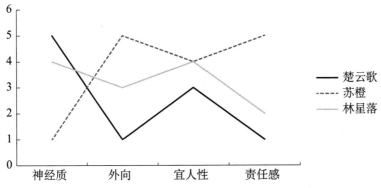

图 8-1 《告别诗》三位女性人物性格特质分析图

除了"大五人格"这一性格分类法，我们也可以考虑其他性格分类方法，如 MBTI 类型①（见表 8-4、表 8-5）。

表 8-4   MBTI 类型指标介绍

维度	类型	相对应类型英文及缩写	类型	相对应类型英文缩写
注意力方向（精力来源）	外倾	E（Extrovert）	内倾	I（Introvert）
认知方式（如何搜集信息）	实感	S（Sensing）	直觉	N（Intuition）
判断方式（如何做决定）	思考	T（Thinking）	情感	F（Feeling）
生活方式（如何应对外部世界）	判断	J（Judgment）	感知	P（Perceiving）

---

① 迈尔斯-布里格斯类型指标（Myers-Briggs Type Indicator，MBTI）是由美国作家伊莎贝尔·布里格斯·迈尔斯和她的母亲凯瑟琳·库克·布里格斯共同制定的一种性格类型理论模型。

表 8-5　MBTI 类型指标具体内涵

外倾型 (E)	内倾型 (I)	实感型 (S)	直觉型 (N)	思考型 (T)	情感型 (F)	判断型 (J)	感知型 (P)
与他人相处时精力充沛	独处时精力充沛	相信确定和有形的东西	相信灵感或推理	退后一步思考，对问题进行客观的分析，非个人立场的分析	超前思考，考虑行为对他人的影响	做了决定后最为高兴	当各种选择都存在时，感到高兴
行动先于思考	思考先于行动	对概念和理论兴趣不大，除非它们有着实际的效用	对概念和理论感兴趣	重视符合逻辑，公正、公平的价值，一视同仁	重视同情与和睦、重视准则的例外性	"工作原则"：工作第一，玩其次（如果有时间的话）	"玩的原则"：现在享受，然后再完成工作（如果有时间的话）
喜欢边想边说出声	在心中思考问题	重视现实性和常情	重视可能性和独创性	被认为冷酷、麻木、漠不关心	被认为感情过多、缺少逻辑性、软弱	建立目标，准时地完成	随着新信息的获取，不断改变目标
易于"读"和了解的；随意地分享个人情况	更封闭，更愿意在经意挑选的小群体中分享个人的情况	喜欢使用和琢磨已知的技能	喜欢学习新技能，但掌握之后很容易就厌倦了	认为坦率比圆通更重要	认为圆通比坦率更重要	愿意知道它们将面对的情况	喜欢适应新情况
说的多于听的	听的多比说的	留意具体的、特定事物，进行细节描述	留意事物的整体概况，普遍规律及象征含义；用概括、隐喻等方式进行表述	只有当情感符合逻辑时，才认为它可取	无论是否有意义，认为任何感情都可取	着重结果（重点在于完成任务）	着重过程（重点在于如何完成工作）

续前表

外倾型 (E)	内倾型 (I)	实感型 (S)	直觉型 (N)	思考型 (T)	情感型 (F)	判断型 (J)	感知型 (P)
高度热情地社交	不把兴奋说出来	循序渐进地讲述有关情况	跳跃性地展现事实	被"获取成就"所激励	被"获得欣赏"所激励	满足感来源于完成计划	满足感来源于计划的开始
反应快，喜欢快节奏	仔细考虑后，才有所反应	着眼于现实	着眼于未来，留意事物的变化趋势，惯于从长远角度看待事物	很自然地看到缺点，倾向于批评	惯于迎合他人，着重维护人脉资源	把时间看作有限的资源，认真地对待最后期限	认为时间是可更新的资源，而且最后期限也是有收缩的
重视广度而不是深度（心理能量的获得途径和与外界相互作用的程度）	喜欢深度而不是广度（心理能量的获得途径和与外界相互作用的程度）	喜欢深度而不是广度（接受信息上）	重视广度而不是深度（接受信息上）	—	—	—	—

通过表 8-4 和表 8-5 的指标，也可以对人物性格进行分类，设计出差异化的人物。当然 MBTI 类型与"大五人格"都不是非黑即白的，外倾与内倾间具有中间地带，但偏向明显的性格更具有辨识度。

剧本杀游戏是青年人的游戏，在确定人设时需要迎合青年人的喜好，小说、影视剧等流行文化皆是我们的灵感来源，美强惨、冷热搭配永不过时。玩家在现实生活中已经被繁重的工作缠身，来玩剧本杀是为了短暂逃离现实，他们不会喜欢在游戏中再体验憋屈的人设。MBTI 类型测试在青年群体中大火，青年人时常以"i 人""e 人"来标榜自己，因此作者在创作时使用 MBTI，甚至在故事中让角色进行自我标榜，都是与青年人接轨的一种方式。此外，ACGN（animation，comic，game，novel）文化（次元文化）在年轻人中盛行，以"萌娘百科"词条为例，萌属性具有外表年龄段及性别特征类、性格类、相貌体型特征类等不同部分，在性格中有傲娇、女王、爱哭鬼、外热内冷等，恋人相关有青梅竹马、天降系、天降青梅、恋人未满等类型。我们在设计人物形象及性格时可以适当地添加萌属性，既增加了人物辨识度，又增加了流行度。如《洗劫伦敦所有的玫瑰》中纳芙蒂蒂拥有女王属性，阿努则是忠犬，女王配忠犬是非常经典的 CP 配对；又如斯黛拉和阿尔芒的吸血鬼与狼人的配对，罗密欧与朱丽叶的故事永不过时。

但在增添萌属性时也必须注意，部分萌属性如病娇、反社会属于极端的性格特质，玩家极有可能无法代入角色，很容易影响他们的游戏体验。剧本杀游戏就好像处于"2.5 次元"空间，既要有二次元的丰富，也要有现实的普适性。

4. 丰富人物经历

人物的童年经历促成了人物性格特质的形成，其性格特质又决定了人物面临困境与抉择时的行为方式。

在确定人设时，人物的童年经历基本可以勾勒出来。比如一个人具有内向敏感的性格，他的性格是如何养成的？

这与其**原生家庭、成长经历、学历、信仰、梦想/愿望、创伤经历**等都有关联，这些事件共同造就了人物的性格特质。同时，这些童年经历也会决定人物**关注的东西、害怕的东西、喜欢的东西、在意的东西**等。

在确定剧本人设时，我们不需要面面俱到，往往只需要关注一两个点就可以创造出足以支撑故事逻辑的人设。但如若有雄心壮志，有计划撰写系列故事，有计划打造明星人物，我们在草稿上撰写的人物经历一定比呈现在剧本中的人物经历多得多。

如《告别诗》中因为从小被父母抛弃并寄养在舅舅家，林星落养成了敏感的讨好型人格，一直对人笑脸相迎。她的成长经历使她喜欢上了陆泽远，陆泽远与她经历相似，能一眼看穿她的伪装。也正是这样的性格与经历，才让她敏感多疑、不敢表白，一旦陆泽远稍稍忽略了她，林星落就觉得他对所有人都好，只对自己不好。寄人篱下的童年经历使得她渴望得到爱，又不敢相信自己能够得到爱。

创作者在设计人物时，可以从人设中衍生出人物的生活习惯、口头禅等，并且进一步细化人物对待亲人、爱人、陌生人、讨厌的人等的态度区别。在剧本中反复出现的生活习惯与口头禅会加深玩家对角色的记忆，也方便玩家演绎角色。人物对不同人的不同态度，便于玩家在演绎中展现亲疏关系。

如果说人物性格是骨，那人物经历就是肉。只有骨与肉相匹配，人物才能站得住脚。而玩家通过肉才能感知到骨，进而产生共鸣。

设计人物时，最重要的是在丰富人物经历的同时不能忘记我们的受众是青年群体。《超人气偶像剧》从"90后"的童年台湾偶像剧中寻找灵感，其人物性格、人物经历全都仿照台湾偶像剧的经典桥段设计。经典的台湾腔唤起玩家美好的童年回忆，就算情节悬浮、不真实，也能让人会心一笑，引起共鸣。《拆迁》《相亲》等剧本杀剧本聚焦当代现实，大部分人对拆迁与相亲事宜有所了解，很容易代入。人物的童年与成长经历能书写得多么精彩，取决于故事的题材与世界观设定，下一章将针对建构故事世界进行详细讲解。

总的来说，在设计人物与人物故事时，需要保证主干"原生家庭/成长经历—性格特质—（梦想追求）—做出的事情/面对事件的态度与行为"逻辑顺畅，这也是设计人物所需要的最少步骤。

人物的人生有时多彩，有时险恶，但在现今剧本杀故事中还是以险恶为多，因为故事中常会发生凶案，恩怨情仇纠缠在一起，总会将人拖向深渊，如《以父之名》《就像水消失在水中》的最后，众人走向了自相残杀。随着剧本杀的发展，部分剧本故事逐渐脱离凶案推理，无案件剧本的出现让人物的人生更加丰富多彩，如《极夜》中玩家经历了一场极地冒险，众人共同合作、互相扶持，经历了人性的考验，最终可能走向谎言，也可能坚守内心的正义。剧本杀剧本体量较小，在有限的字数内故事往往趋向极端，一些能力稍弱的作者使用人体试验、强奸、家暴等极端事件推动情节发展，将人物引向险恶的境地，使其成为纯粹的猎奇故事。也有一些作者在创作时图省事，不同人物的故事过分相似，如《大话西游》人物由多对情侣组成，但情侣与情侣间相识相爱的故事十分相似。而《洗劫伦敦所有的玫瑰》虽然也是多对情侣的爱情故事，但每对情侣之间的相处模式都不相同，他们的情感、痛苦与渴望也各不相同，呈现出的故事十分精彩。

多姿多彩的人生能够给玩家更加丰富的体验，剧本杀始于推理故事，但不局限于推理故事，从描写险恶人生到描写多彩人生意味着作者与玩家的目光从事件移向了自身，但这并不意味着丢弃险恶人生。剧本杀有着多种玩法类型，不同的类型适合不同的人生故事，二者可以和谐地在剧本杀游戏中共存。

矛盾横生，有人的地方就有江湖！

有人的地方就有江湖，有人的地方就有矛盾，有矛盾才能产生故事。剧本杀剧本写的是有关人物之间矛盾纠葛的故事，人物不能是一个个毫无交集的孤岛。

　　因此，我们还需要编排人物之间的关系。在前面思考人物成长经历时，我们肯定对他们之间的关系有所涉及，而现在，需要有意识地再进行一遍梳理。

　　人物之间的关系即他们的故事，故事即可以被写进剧本里供玩家阅读的文字。

　　在编织人物关系网时，应该保证每个人物都被囊括在关系网中，且每个人物所拥有的关系数目相当。

　　人物之间的关系网应当充满矛盾冲突，正因为人物与人物之间不和谐，事件才会发生，人物才会行动起来。

　　以《第二十二条校规》[①] 为例，可以发现人物之间具有复杂的关系，如图 8-2 所示。

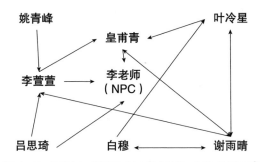

图 8-2　还原本《第二十二条校规》人物关系图[②]

　　在图 8-2 的人物关系网中，被隐去的人物关系，既有和谐的，如"朋友""好感"等；又有不和谐的，如"受胁迫""背后中伤"等。正是这些关系网中的矛盾冲突促使人物行动起来，甚至导致凶案的发生。

　　我们通过这张关系图发现，姚青峰在整个故事中处于边缘位置。虽然姚青峰在剧本故事中较为边缘，但《第二十二条校规》采用倒叙的叙事手法，通过"遗忘"使所有的玩家处于全盲状态，他们需要共同还原出故事的真相，离开困住他们的诡异校园。因此在故事中处于边缘地位

---

　　① 《第二十二条校规》：柯锦著，真相骑士发行，下有引用不再注释。
　　② 为防止剧透，此处隐去人物间具体关系。

的姚青峰，在实际游戏体验中并没有游离感。

《第二十二条校规》通过故事叙述顺序的变化，巧妙地改变了姚青峰的窘境，但是在创作过程中，仍然不建议将人物放置于关系网中的边缘位置，成为故事中可有可无的角色。角色在故事中的可有可无，很可能导致玩家在游戏中的可有可无，从而带来不佳的体验感。

如机制本《搞钱!》是一个 7～10 人的剧本，郑义、瑟琳娜、藤原凌三个人物可以根据玩家的数量选择增加或删除，自然这三人在人物关系网中也处于边缘位置，藤原凌、瑟琳娜有两条人物关系线，郑义只有一条人物关系线，其余固定角色都有 3～4 条人物关系线。虽然《搞钱!》是注重朋友团建的剧本杀游戏，并不注重人物设计与故事撰写，但扮演郑义等边缘角色的玩家仍然会有较强的心理落差，认为故事的展开和发展与自己无关。交织在复杂的人物关系中是玩家获得快感的一种方式，每个人都希望自己扮演的角色处于故事的中心。

因此，创作者应该尽量避免创作边缘人物，**增加人物与其他人物的关系，尤其是不和谐关系**。

以《就像水消失在水中》为代表的情感本更加注重人物关系的设计，如图 8－3 所示。《就像水消失在水中》讲述的是三代人的故事，每个人物都拥有 3～5 条关系线，人物关系形成了一个复杂的闭环，同时人物间充满着矛盾冲突，正是这样的人物关系形态导致最后接连杀害对方的戏剧性结局。**优秀的人物关系图充满强烈的故事性。**

总而言之，在编织人物关系网时，务必让每一个人物都有充分的理由参与到核心事件中，尽量让每一个人物都位于故事的中心。

在建构人物关系网时，我们可以按照“三角关系”与“四角关系”的思路来建构。“三角”的人物关系相对稳固，如“父母子”关系；也容易产生矛盾，如“三角恋”关系。“四角”的人物关系就像一个平行四边形，极易被推倒，最经典的“四角关系”就是《雷雨》。而仔细观察《就像水消失在水中》的人物关系图能够发现，它是由多组“四角关系”组合而成，如陈芸箹、殷步熹、杨未晞、卫风，殷步熹、卫风、杨未晞、

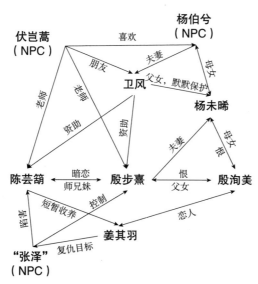

图 8-3　情感本《就像水消失在水中》人物关系图

殷洵美。

因此，在建构人物关系网时，如果无法把握全局，不妨从三个人物入手，先建立"三角关系"，随后增加为"四角关系"，再由一个个"四角关系"组合成一张大的人物关系网。

1. 故事中的 NPC

一个故事的人物系统可以简单，但不可能完全没有工具人（NPC），比如几乎所有故事都存在一名独立于玩家之外的死者 NPC。从图 8-2、图 8-3 能够发现，每张人物关系图中都有无法缺少的 NPC 角色。我们很难围绕限定的几个角色编织故事，故事越庞大，牵扯的 NPC 就会越多。一张完整的关系网所囊括的人物数量要多于给玩家扮演的角色数量，以供玩家选择。

如何从众多人物中挑选出可供玩家扮演的角色？以下是几点提示。

（1）应当选择关系线较多的人物。

（2）不宜选择纯负面的人物供玩家扮演。

（3）在一般的剧本中，核心事件发生前死去的人物不能成为玩家扮演的角色，除非有特殊的玩法机制，应保证玩家全程的游戏体验。

（4）选择的人物务必拥有充分的理由参与到核心事件中。

（5）选择的人物最好具有各不相同的行动目标，人物之间的目的相互冲突。

（6）知道故事全貌的人不宜成为玩家扮演的角色，可以由 DM 或其他 NPC 演员担任。

2. 特殊行动力

在超现实世界中，人物有时还具有特殊能力。这些能力可能与角色的经历、身份相关，也可能与题材直接相关，如末世故事时常会出现异能力、玄幻故事会出现仙法等。拥有特殊能力的人物会产生特殊的行动力，如某些特殊的作案手段只有他们能够实现。

《摩西之星》的故事发生在星际未来，在地球遭受致命性的核危机之后，人类成立太空联盟，五分之四的人类移民到太空空间站生活。经历漫长的努力后，人类找到了宜居行星摩西星，并与摩西星的原住民虫族爆发了战争。战争持续了 28 年，前军事指挥长皮尔士牺牲后，新任指挥长阿道夫率领的人类舰队愈战愈勇，花了 8 年时间占领了五分之四的摩西星领土，虫族退守首都蜉蝣城。然而，就在人类向摩西星首都发动总攻的前一日，阿道夫被发现死于办公室内。

故事中的角色隶属于不同的种族，分为人类、虫族、机器人。

Sara：从人类改造而成的超智能机器人。外表是与人类无差的 25 岁女性，美丽知性，讲话温柔，以守护和平为人生目标。

卡莲娜：战队新兵，前任指挥官皮尔士之女，一头利落短发，英气飒爽。

安德烈（绿叶虫）：肉体属于 21 岁的战队新兵安德烈，大脑属于虫族间谍绿叶虫，外表高挑英俊，一头红发。

艾伦：皮尔士前下属，第九舰队舰长，同时也是个酗酒赌徒，满脸伤疤，胡子邋遢。

约瑟夫：生化实验室室长，金发帅气，不苟言笑。是 Sara 身为人类时的恋人，对 Sara 矢志不渝。

红叶虫：虫族俘虏，外貌类似一只巨大的砖红色的蝗虫。被俘虏前是虫族的尖端生物学家，性格坚毅，狡诈狠毒。

可以发现，非人类的红叶虫外形上就与人类相异。

在背景故事中，**首席科学家红叶虫发明出能够夺取人类大脑意志的"侵蚀液"**，被俘后，红叶虫的下属将棕叶虫的侵蚀液注入阿道夫体内，使棕叶虫的精神体占领阿道夫的大脑，在阿道夫外表完好的情况下杀死了他的意志，取而代之，伪装成阿道夫向虫族传递大量情报。然而，棕叶虫很快被阿道夫的权势地位所诱惑而叛变，他不再满足于做一个间谍，反而将自己的上司红叶虫囚禁在了军事基地。

杀死阿道夫（棕叶虫）的凶手是他的弟弟绿叶虫。士兵安德烈在战斗中遭到绿叶虫的侵蚀，意志被绿叶虫取代。"安德烈"从红叶虫那里获取了《刺杀计划书》，从上百种谋杀方式中选择了有毒蝴蝶"霜蝶"。他偷取 ID 卡进入生化实验室，在夜间偷偷研制一种可以杀死虫族意志的毒虫"霜蝶"。然而，他的行动很快被实验室室长约瑟夫撞破，二人在打斗中引发实验室大火。

凶案当日，"安德烈"知道阿道夫会在祝酒会上发表讲话，因此将能够吸引虫类的诱虫剂喷在演讲台话筒上。晚上 9 点，阿道夫在会场发表讲话，手掌触碰到话筒，粘上了诱虫剂。在密闭的办公室内，被红叶虫侵蚀了意志的贺平正欲刺杀阿道夫时，破茧而出的"霜蝶"将阿道夫咬死，阿道夫在临死前一枪打死了贺平，贺平拼着最后一口气打开了房间门。躲在门口的卡莲娜将贺平带走，并开枪掩盖了阿道夫脖子上的红点。艾伦在找寻卡莲娜的过程中目睹其离开阿道夫的办公室，为了掩饰卡莲娜的所作所为，他故意制造自己杀人的假象，并开启 Sara 的门禁引诱她发现自己。Sara 进入阿道夫办公室后，为了拖延时间等待支援，刻意隐瞒了阿道夫的死亡。

凶手是非人类，具有自己特殊的行动，其研制的"霜蝶"是只有虫族才知道的杀人武器，属于**特殊的作案手法**。一旦玩家破解了作案手法并且发现"安德烈"的真实身份，很容易就能够锁定"安德烈"，因为他在实验室培育"霜蝶"时，被其他角色发现。"霜蝶""侵蚀液"既是他的金手指，也是他的夺命枪。

又如《漓川怪谈簿》是一个妖怪题材的剧本杀剧本，角色们生活在常世这片土地上。这里生活着非人非鬼的妖怪，他们的生活方式和对世界的认知与人类不同。故事中涉及的角色皆是妖怪，包括影子、雪女、烟烟罗、百目鬼等。影子可以幻化出和宿主一模一样的外貌，拥有停滞时间的能力，发动能力时，除了自己所有事物都会处于时间停滞状态；雪女能够延长法术的持续时间；百目鬼能够与鬼魂沟通；没有人见过烟烟罗的真面目，看见它的生物会把它看作自己最心爱或思念的人或物。

每一种妖怪都有自己的特殊能力，这是他们的金手指，也是他们的特征，这些特殊能力在故事中发挥着不同的作用。如当烟烟罗与其他角色相遇时，他们不会看见烟烟罗，只会看见自己所思所想的人或物，如果他们不知道烟烟罗的特点，就不会意识到自己遇到了烟烟罗；影子可以幻化出与宿主一模一样的外貌，不同的人可能在同一时间遇到"宿主"，其中一个就是影子。

寻找人物的目标

人物拥有目标，才会为了目标而行动；有了行动，才会产生行动线，故事方能生成。同时因为人物行动而产生的行动线，也会为角色扮演与推理留下线索和路径。

家庭背景、成长经历、关系事件、创伤等背景事件都作为过往组成了人物的思想体系，人物的目标也由此衍生。如《世界上最美的溺水者》中，角色们小小年纪就生活在奥斯威辛集中营，与亲人分离，被士兵虐待，只有一个医生善待他们，正是这样的创伤经历才让他们在看见医生即将被害时，生出了"要杀死士兵保护医生"的想法。为了实现这一目标，他们纷纷行动起来。

没有目标，角色就没有行动动机，也就没有行动。

在推理本中，凶案的出现需要凶手的行动，一般情况下，"杀人"是凶手的目标。

那么，为什么凶手会产生这样的目标？

在《再见萤火虫》中，浅井曜杀死鹤田的直接动因是鹤田大声恐吓他暗恋多年的言叶。浅井曜是一个阳光开朗的男孩，为情杀人这一理由看起来有些轻率，但在此前，鹤田早已通过各种手段使自己成为大家最痛恨的人。

> 杀了他，一切就都结束了吧？……他再也伤害不了言叶，萤见泽就能恢复往日的平静了，言叶和纱夏她们，还有所有人……大家都能继续无忧无虑地生活了……（《再见萤火虫》）

因为引文所说的两重目标，浅井曜动手杀了鹤田。

凶手为何会产生杀人的想法？这就是创作者需要在背景事件里解决的问题。我们需要在剧本中展现凶手的家庭背景、成长经历、人物关系事件、创伤等，自然而然地引申出凶手的作案动机，使得角色杀人的行为不突兀，也不牵强。

在现实中可以出现"因为我有反社会人格，所以我杀了他"，但是在剧本故事中不能出现"我杀了他，因为我有反社会人格"。**现实中的许多行动可能不需要逻辑，有时候也难以从逻辑层面逆推，但故事需要逻辑，甚至需要强逻辑。**

在剧本杀中，往往不止有一个人物会对死者产生杀人动机，也不是每一个有杀人动机的人物都会产生行动，只有强烈的动机才会产生行动。

除了凶手，其他的角色也需要有目标与行动，他们也有自己的私欲，会为了自己的私欲而行动。在推理本中，"案发当日"记录的正是各个角色的行动，角色为了自己的目标去行动，与此同时，也撞见了别人的行动。在剧本杀中，每一位角色都是主角，没有人是工具人，他们必定有自己的经历、想法、愿望、目标，他们必定为之行动。

角色必定有所行动，否则他就像个局外人，犹如故事的边缘人物。

即使是在没有凶案的情感本中，人物也都有目标与行动，不仅玩家所扮演的角色有，NPC 也应该拥有自己的目标与行动。如《告别诗》中，林星落的目标是和陆泽远在一起，为了这个目标，她努力地拼好"地狱级"纯白拼图；NPC 谢惟的目标是给妹妹一个好的生活，为此他放弃了考大学，每天当小混混赚钱。再如《刀鞘》中，钟子琛喜欢金点儿，因为天津局势危险，他担心金点儿的安危，为她购买了一张从天津飞往南京的机票。

充分发挥角色的主观能动性创造故事，才能让情节的转折、情感的渲染圆融而不突兀，否则像《告别诗》中，最后林星落三人遭遇地铁脱轨而亡，就有机械降神的嫌疑，三人因为小概率事件而**被迫**死亡，未免会让人觉得为悲剧而悲剧。而在《就像水消失在水中》中，最后的互杀剧情却让人觉得既在意料之外，又在情理之中。

人物如何产生目标？

回到人物关系图，人物对人物存在"爱""暗恋""恨""保护"等情绪，当情绪达到极点，就会成为人物的目标，而人物为了实现自己的目标，会自然而然地展开行动。就像《死穿白》中，院长理查德因为贪财才会在网络上雇人，要抢夺德雷克的研究成果；护士科斯塔为了挽救母亲才会去借高利贷，为了偿还贷款又染指贩卖器官的生意。

当人物有了目标，他就会开始行动；当他开始行动，就会产生后果；后果有好有坏，不同的后果又会导致不同的行动。

剧本杀剧本就像一场轰轰烈烈的人生，每一个人都活得多姿多彩，每一个人都是故事中的主角。**平等对待每一位角色，尊重每一位角色的想法，是安排人物故事的关键。**

人物故事游戏化

拥有目标后，人物就具有了行动的势能，玩家则要将势能转化为动能，通过游戏的方式使"自己＝角色"。因此，我们需要将人物故事游戏化，让虚拟世界与现实世界相连。

我们在前文说过聚集事件，在聚集事件中玩家们聚集在一起，紧接着起始事件发生，玩家从故事世界过渡到现实游戏环节中。

在推理本中，起始事件是一起案件，玩家们需要找到案件的凶手，扮演凶手的玩家则需要隐藏自己。玩家何以产生破案的动力？这就来自角色的行动目标与动机，故事需要为角色的破案行为赋能。如《木夕僧之戏》中，玩家之所以开始破案，是因为他们都被木夕僧困住，不完成木夕僧的游戏就无法回到现实世界，所以所有人都有共同的目标。事实上并不是所有人都一心想找到案件的凶手，许多人其实别有目的。如《摩西之星》中 Sara 是最前沿的人工智能机器人，她发现曾经有一个和自己长得一模一样的女人，她的名字叫萨拉，死于实验意外，因为档案上没有照片，Sara 无法确定她是不是和自己长得一模一样的女人，于是 Sara 有了行动目标之一——找到与萨拉有关的事情，判断自己与她的关系。因此，在第一幕玩家交流互动时，扮演 Sara 的玩家加入了交流，以便找到认识萨拉的人并打听萨拉的经历。之后，在寻找凶案凶手时，自己的真实身份也一直是 Sara 交流话题的中心。

圆桌聚会是剧本杀最常见的游戏环节，人物故事的设置为玩家圆桌聚会提供了话题，也为玩家提供了交谈的目标与动力。《鲸鱼马戏团》中，爷爷/父亲住院，出院后需要住到子女家休养，因此大家召开了圆桌会议。孙女林落落从小被爷爷逼着学跳舞，没有感受到丝毫祖孙间的快乐，因此一点也不想爷爷。三儿子赵晓飞因为打架斗殴被关进看守所的时候，父亲不问缘由就教训他；当他追逐音乐梦的时候，父亲直接摔碎了他的吉他；父子断绝关系多年，他认为自己糟糕的生活父亲负有一定的责任，因此他也不愿意让父亲来自己家。妻子李晓萱负责评判众人的托辞是否合理，由她决定将老伴送到哪个孩子家里；她并不是自愿与老赵结婚的，这么多年一直与初恋有联系，这次老赵会摔倒住院就是因为发现了这件事，因此她不想单独面对老赵。在走完现实线后，玩家进入了梦境世界。原来以上发生的事都是一出名为《赵家那些事儿》的电视剧中的剧情，而玩家其实是看剧的马戏团成员；但随着剧情进展，他们发现自己似乎有着另外的记忆，为了找回那些记忆，他们拿起一块块记忆拼图，将真实记忆关键词的拼图与虚幻世界关键词的拼图一一对应，他们就能找到回家的钥匙。

《鲸鱼马戏团》选择拼图游戏作为故事中现实与虚幻世界的联结，通过小游戏让玩家动起来，而拼图的完成需要结合故事的部分情节，最后他们拼成了一幅全家福。显然《鲸鱼马戏团》的小游戏是为剧情服务的，创作者选择了拼图碎片这一时常与记忆碎片相连的意象，带有童话与梦幻感。

人物故事对游戏的影响不止于此，《搞钱！》中存在结盟的环节，郑义往往会和瑟琳娜结盟，因为在故事中他们是兄妹关系，而郑义最宠爱自己的妹妹，这也是故事对游戏的影响。《以父之名》中黑手党老大突然死亡，而黑手党众人都知道家族里有内奸，他们互相警惕着对方，害怕成为别人的枪下亡魂，选择抢先一步扣动扳机，由此展开了枪战游戏。《三体》中的"黑暗森林法则"出现在枪战中，最后只有一个人活了下来，而根据游戏中存活角色的不同，故事也将走向不同的结局。

剧本杀是社交游戏，无论何种游戏环节都旨在让玩家交流互动，或对立猜忌，或互相合作。如《来电》《收获日》的人物故事赋予玩家赚钱的动力，为了赚钱，他们合作诈骗/偷盗；又如《刀鞘》《末班车》等谍战题材的阵营本中，特殊的故事背景使得每一个人的阵营都处于隐匿状态，并且他们不能轻易暴露自己的阵营，只能在一次次交流中相互试探。故事决定了游戏的玩法以及众人玩游戏的目的，游戏的结果又影响了故事的发展与最后结局。

练一练

1. 尝试设计一个 INFP 的人物，通过童年经历、成长经历等方面陈述他为何会是一个 INFP 的人？

2. 尝试陈述一个 INTJ 人的日常生活。

3. 尝试以"父母子"的三角模型为蓝本，设计一个充满矛盾的"四角关系"。

4. 尝试以"三角恋"的三角模型为蓝本，设计一个"四角关系"。

5. 尝试在 3、4 题的基础上，找出每个人物的目标，并写出它们为目标所开展的行动，直至"四角关系"被摧毁。

6. 尝试设计出五个性格迥异的人物，并构建他们的人物关系网。

第九章　建构故事世界

◆ 时空建制：某个时候，某个地方
◆ 故事逻辑：为故事世界装上运行的发条

　　剧本中的故事发生在什么样的世界里？遵循的规则是什么？有什么特殊的机制？现在，我们就要解决这些问题，进一步完善整个剧本故事，为有血有肉的"人物"添加"世界观"和"规则"。

　　世界观是架空小说中的概念。作为特定文学类型的"架空"概念来自日本，虽然同样指"虚构"或"虚拟"，但是"架空"特指在故事中设计出一个与现实世界无交集的独立世界，拥有自己独立的文明体系，以及国家地理、历史、种族、民族、语言、风俗传统等，也有独特的运行机制，比如国家管理模式、战争方式等。故事世界观就是关于架空世界时空建制和系统要素运行机制的描述，它为故事配置特定时空，也给虚拟人物制定活动规则。[①] 世界观是所有故事设计的前提和基础。剧本杀中的故事是发生在一个个架空世界中的，但是没有一个架空世界真正独立于现实世界，或多或少都与现实世界有着"接口"；也没有一个现实主义作品里的世界真正等同于现实，以同一个现实世界建制的多个故事世界也无法互通。

　　其中，核心设定是世界观的关键要素，是一个故事以特定方式在特定时空得以发生的根本原因，整个故事都围绕着它展开。[②] 核心设定可以是一个意象，比如《年轮》中的"祸斗"、《长生叹》[③] 中的"长生水"、《马丁内斯死在惊奇馆》[④] 中的"惊奇之卷"；也可以是一个概念，比如《拆迁》中的"拆迁"、《来电》中的"诈骗"、《叫爸爸》中的"争夺抚养权"。每一个核心意象或核心概念都可以生长出一个完整的世界。

　　① 许道军. 经典电影怎样讲故事. 北京：中国人民大学出版社，2021.

　　② 同①.

　　③ 《长生叹》：狐叩叩·喜、兔子先生、木非烟著，LAEP 发行工作室发行，下有引用不再注释。

　　④ 《马丁内斯死在惊奇馆》：密室卿、大皮球、钓士林著，灰烬工作室发行，下有引用不再注释。

故事世界包含哪些内容？如何建构剧本杀的故事世界？本章试着解决以上问题。

时空建制：某个时候，某个地方

架空世界的边界是时空。故事总是发生在某个时候、某个地方，所以故事设计首先应该解决"什么时候""什么地方"两个问题。时空建制就是指为架空世界设置相匹配的时间、空间以及与特定时空关联的全部生活信息。

1. "某个时候"

《金陵有座东君书院》是一个历史架空[①]的剧本，作者将时间设定在了南唐；《鸢飞戾天》[②] 也是一个历史架空的剧本，作者将时间设定在了北宋。《兵临城下》《永不褪色的山楂林》《粟米苍生》[③]《刀鞘》都是民国本，但是选择的历史剧情点各不相同：《兵临城下》[④] 发生在 1937 年的抗日战争时期，《永不褪色的山楂林》发生在 1941 年燕京大学的青年学子赴苏俄学习时期，《粟米苍生》发生在 1942 年河南大饥荒时期，《刀鞘》发生在 1948 年国共内战时期。从真实历史中汲取材料，尤其是动荡的历史时期，故事便天然地充满了矛盾与冲突，比如《金陵有座东君书院》中的南唐与北宋，《鸢飞戾天》中的北宋与金军。故事来源于**真实历史的材料**，更容易使玩家产生共情，令玩家沉浸于穿越时间的体验中。

发生在**现代**的故事则与我们的现实生活接壤，从日常生活中发展出不同的可能，比如《前男友的 100 种死法》《拆迁》《来电》《小吊梨汤》

---

① "历史架空"即"半架空"，故事处于真实与虚构的中间状态，既保留了真实的历史朝代与事件，又虚构了主角的一系列经历与故事。

② 《鸢飞戾天》：樊兔著，慢热 tuo 工作室发行，下有引用不再注释。

③ 《粟米苍生》：安生著，汽水工作室发行，下有引用不再注释。

④ 《兵临城下》：猫斯图、逆火著，老玉米联合工作室发行，下有引用不再注释。

《一间花铺》① 等等，现代背景的剧本减少了玩家理解庞大世界观的需要。发生在现代的故事也可以使用"变格"手法，令故事变得奇幻诡谲，玩家的主要任务之一就是还原整个故事的真相。关于"变格"手法的使用，会在本章"故事逻辑"部分详细讲解。

架空时间则是和日常经验脱离的剧本的时间，比如《雪萤》②《雾鸦馆》③ 和《马丁内斯死在惊奇馆》中的"海因纪"、《龙宴》④ 和《龙宴2：旱城》⑤ 中的"李氏王朝"等等，在这些系列剧本的内部，隐藏着一个完整的编年史，故事之间相互联系，形成一个更庞大的故事。但是除此之外，大部分剧本的架空时间并不会也不需要尽数呈现在玩家眼前，因为剧本的核心是"传递信息"，剧本要精简，与还原真相、找出凶手无关的信息不用放在剧本中。以《雪萤》《雾鸦馆》和《马丁内斯死在惊奇馆》为例，三者的架空时间都是海因纪。《雪萤》的故事发生在海因纪130年，《雾鸦馆》的故事发生在海因纪134年，作者并没有介绍海因纪的编年史，剧本中呈现的海因纪似乎与现实也没有什么不同，玩家可以将海因纪130年和海因纪134年当作现实生活的平行空间；在《马丁内斯死在惊奇馆》的故事中，作者却详细描述了从海因纪1929年开始的乌尔达人和雅各人的民族战争以及布鲁日大陆里的两个国家，因为这些与核心剧情息息相关。

未来也是一种架空时间，在《渺小的伟大》⑥《伊甸》⑦《二度日升》⑧《明日星辰》⑨《消失蓝》⑩ 等科幻题材的剧本中，所采用的时间就是"未

① 《一间花铺》：火星蛋壳著，时间裂缝发行，下有引用不再注释。
② 《雪萤》：克里斯蒂安著，笑场剧development行，下有引用不再注释。
③ 《雾鸦馆》：密室卿、卧珑著，灰烬工作室发行，下有引用不再注释。
④ 《龙宴》：论真著，黑马剧制发行，下有引用不再注释。
⑤ 《龙宴2：旱城》：论真著，黑马剧制发行，下有引用不再注释。
⑥ 《渺小的伟大》：世白著，卡卡工作室发行，下有引用不再注释。
⑦ 《伊甸》：昂波里波波著，南京桃花推理俱乐部发行，下有引用不再注释。
⑧ 《二度日升》：闻年著，剧鱼文创发行，下有引用不再注释。
⑨ 《明日星辰》：马里旺著，长安麓原剧本工作室、虚实之间工作室发行，下有引用不再注释。
⑩ 《消失蓝》：阿秋著，达娱出品发行，下有引用不再注释。

来"。"未来"不能凭空出现在玩家的眼前，从玩家的"现在"出发，抵达剧本中的"未来"时间，发生了什么事情，是作者需要解释的内容。比如，是科技稳步发展，取得了一定的进步，还是科技高速发展，人类已经踏入了星际远征时代？是遭受了某场末日的打击，人类苟延残喘，还是末日灭绝的威胁降临，所有人都危在旦夕？与科幻小说类似，剧本选择不同的未来时间，可以探讨不同的主题，比如科技与人性、浩瀚宇宙与人类命运等等。

比起**时段**，剧本杀故事中更重要的是**时刻**。《就像水消失在水中》里所有人的故事线横跨了七十年，但是凶案只发生在一天之内，这就是"时刻"。如前文所述，在创作时，除了为故事找到发生背景的时间，还要为核心的凶案找到一个集中的时间，将所有人聚集在一起，它可能不是故事的开头，却是剧本的开端。

练一练

现在，为我们剧本中的世界设定一个时间，你会怎么写？

1. 我要创作一个武侠题材的剧本，所以决定将时间设定为埋着巨大隐患的盛世——唐朝天宝年间。由此展开，可以有武林中的各大门派，有朝廷中的文武官员，有身怀秘密的异族人，有对中原大地虎视眈眈的边陲节度使……某一天，江湖上的某样珍宝现世，所有人为了争夺珍宝，聚集到了某处……

2. 我要创作一个推理题材的剧本，所以决定将时间设定为现代，盂兰盆节的夜晚，有人看见死去三天的女孩出现在庙会上，根据村里的传说，被杀死的人会在这一天回来向她认为的凶手复仇……

3. ……

---

2. "某个地方"

剧本杀是一出戏，玩家们都是演员，**舞台就是故事集中发生的空间**。空间是和时间联系在一起的。时间设定在南唐的《金陵有座东君书院》，将故事主要发生的空间设定在金陵（真实）的东君书院（虚构）中；时间设定在北宋的《鸢飞戾天》，将故事主要发生的空间设定在颍州（真实）的兰园（虚构）中；而时间设定在民国的《兵临城下》《永不褪色的山楂林》《粟米苍生》《刀鞘》，则将空间分别设定在朔县酒楼、燕京大学、河南逃荒路中、天津保密局——在这些以真实历史为背景的剧本中，作者选取了具有代表性的真实地点作为故事的舞台，以达到剧本杀沉浸式代入体验的目的。当我们想创作历史题材的剧本杀时，就可以直接从历史真实入手，选择历史中具有代表性、特殊性的空间，在故事中将真实与虚构交织，为玩家带来虚实相生的独特体验。

在一些架空时间较为模糊的剧本中，玩家只能通过空间推测剧本的内容，空间的刻画就显得极其重要。以《虚构推理》《九不思议街》①《曦和失焰》② 为例，其中的"南浔城"（《虚构推理》）、"九不思议街"（《九不思议街》）、"锦城"（《曦和失焰》）都属于故事中的"空间"。

通过阅读人物剧本，玩家可以发现"南浔城"与我们的现实世界相似，但是剧本中提及了一场场"灵异事件"，玩家就会认为这是一个现代变格本；"锦城"则提及"卫府""沈府""三清观""衙门"等空间，类似于一个古代城市，玩家就会认为这是一个架空古风本。而事实上，"南浔城"和"锦城"都是作者的叙述诡计：作者用南浔城中发生的一系列"鬼故事"作为幌子，隐藏凶手杀人的真相，玩家要自行判断其中的"真实"与"虚构"，所以《虚构推理》其实是一个本格本；《曦和失焰》则恰恰相反，玩家以为自己处于一个本格的古代世界中，其实玩家都来自现代世界，一切都是特殊手法制造的幻境。以上两个剧本，都是利用空间的建构，完成了核心诡计的叙述，营造反差与反转。

当然，并不是所有的剧本都会利用空间建构制造诡计，更多时候空间的建制只是为某个时间的人物提供一个聚集的舞台，让故事有发生的场景。

<hr>

① 《九不思议街》：刘罗著，乱神企划工作室发行，下有引用不再注释。
② 《曦和失焰》：老城、kiryuu 著，稻草人工作室发行，下有引用不再注释。

练一练

现在，继续为我们剧本中的世界设定一个空间，你会怎么写？

1. 唐朝天宝年间的武侠故事，我选择将空间设定在具有代表性的长安（真实），所有人都聚集在其中的某个顶尖门派（虚构）中……

2. 现代的推理故事，我选择将空间设定在海岛上的一个小村庄（封闭），这里的村民很少，有许多神秘的习俗和传说……

3. ……

故事逻辑：为故事世界装上运行的发条

不论我们如何讨论故事中的世界——时间和空间，总是离不开两个概念：**现实（本格）**和**超现实（变格）**。尽管本格、变格以及新本格之间的概念界限模糊，不利于学术研究，但在实际的剧本杀中，仍然流行着这三种分类方法。在本节的讨论中，我们不使用本格/变格/新本格的说法，回归最基本的**故事逻辑**。

究竟是"现实"还是"超现实"，说的其实是剧本的"故事逻辑"。依照一定的逻辑，故事世界才能开始运行。现实的凶案设计方法已经在前面详细说明了，现在我们来学习如何设计超现实的特殊逻辑。

总的来说，超现实分为两个方向：一种是**规则类**，一种是**真相类**。

"规则类"可以视作游戏中一条不同于现实的额外逻辑，使普通玩家和凶手玩家之间产生对抗，玩家可以根据规则推定凶手，凶手也可以利用规则隐藏自己。以《雾鸦馆》为例，"海因纪134年"的"雾鸦市"的规则为："在浓雾天气中遇害的人，会化作冤魂（雾魇），在梦境中追杀自己所认为的凶手。"也就是说，在游戏时，死去的玩家依然可以用鬼魂的形态继续参与游戏。在《雾鸦馆》的游戏中，玩家们就要根据剧情仔细分辨其他玩家究竟是"活人"还是"鬼魂"，从而推理出真正的凶手。

在《木夕僧之戏》中，玩家也是在游戏开始时就获取了"化灵阵法"的规则。

以《周公游记》和《周公游记2：食梦记》为例，两个故事都围绕着编造梦境的"周公仪"展开，剧情发生在数个梦境中，四个凶案有四个不同的凶手，以及一个真正的幕后凶手。"周公仪"有一系列设定。

其一，在"梦主"的梦境中杀死某人，"梦主"醒来之后会失去对其的所有记忆。

其二，对"梦主"使用"意识子弹"，可以改变"梦主"的个人意识，"意识子弹"是人为设置的一串代码。

其三，除了"梦主"在梦境中是本人之外，其他人使用不同的"载体"进入梦境。

其四，众人只有在看到自己的"梦境指示物"时，或者发现与现实有明显不同时，才会"觉醒"，即意识到自己处于梦境中。

其五，在梦境中，所有人随机与梦境中的另一个人形成"共感连接"，即六名玩家共有三对"共感连接"，在不同的梦境中连接是不同的。

其六，在梦境中自杀可以立即醒来。

《周公游记》和《周公游记2：食梦记》的剧情就是在这几条超现实逻辑的基础上展开的。玩家通过剧本很容易就能推理出这些逻辑，但是由于凶手利用了逻辑，令其他玩家都失去了相关记忆，所以该本的重点在于找到自己的真实身份和对应记忆，看穿凶手的诡计，离开梦境。

"真相类"变格是一个笼统的说法，即剧本中超现实的内容被隐藏起来了，需要玩家自行找出相关的真相，这类通常是还原本。以《就像水消失在水中》为例，故事真相是众人同一天内死亡，死后聚集在"空山寺"，失去了生前的记忆，所以每个玩家剧本的开头都是："你从混沌中醒来，感觉……周遭目不可及的黑暗深处，有阵阵木鱼声和沉香的气味传来。此处应该是空山寺。"每个玩家剧本中"感觉……"的描写都不一样，这里指向了玩家各自的死因（生前最后的感觉），而玩家的任务就是找到自己死亡的真相，并且还原生前发生的所有事情。《月下沙利叶》的超现实也被隐藏在叙述诡计之下。游戏时，DM 似乎在一人分饰两角：游戏外的"主持人"和游戏中的 NPC"许亮亮"，而事实上，"主持人"是寄宿在"许亮亮"身体里的魔鬼，他将所有玩家玩弄于股掌之中；所有的玩家都在反复经历循环，只有"许亮亮"保存着所有的记忆，他所做的一切都是为了从循环中唤醒大家。《月下沙利叶》的循环逻辑是故事的核心，也是最终的"谜底"，玩家要根据线索层层抽丝剥茧，才能得到答案，最终找到驱逐恶魔、结束循环的方法。

《雾鸦馆》和《就像水消失在水中》的"鬼魂"和"失忆"，是超现实类型剧本杀中经常使用的方法。这与剧本杀的游戏性质有关：第一，玩家是消费者，为了照顾到所有玩家的体验，当剧本杀中不得不出现玩家死亡的剧情时，就可以采取"鬼魂"的机制，让死亡的玩家继续参与；第二，剧本杀的关键是沉浸，剧本杀给读者设置的挑战是推理和还原，"失忆"机制可以使玩家短暂地放下现实中的自我，投入剧本中，逐步探索角色的身份和经历，完成剧本杀游戏的挑战。

我们应该如何设计超现实逻辑呢？

超现实的方式多种多样，没有定式，作者可以尽情地展开想象，制造戏剧性和反转。需要注意的是，要避免无效设计，传递给玩家的信息一定是可以作为线索的，设计出来的逻辑也一定是要利用到的。

练一练

如果给前面两个时空设定加入超现实的元素，应该如何继续完善？

1. 武侠本——其实是未来的一款全息游戏，凶手篡改了代码，在游戏中死亡的人，意识连接将会中断，坠入潜意识的深渊，再也无法醒来……

2. 推理本——海岛村的规则：被杀死的人会在盂兰盆节回来，回来的人没有影子，但是可以抢夺别人的影子……

3. ……

最后，我们来谈谈**机制**。

通常的故事中，只要有了核心设定、时空建制和故事逻辑，基本就可以形成一个完整的世界观。但是剧本杀作为一个游戏，为了给玩家提供丰富的体验，还会加入"机制"的设定。

考察剧本杀近几年，尤其是 2020 年以后在中国本土化的发展，我们可以发现，剧本杀已不再是单纯的"讲故事"的桌游。在"游戏＋社交"的大背景下，经过近五年的发展，剧本杀从业者意识到了自身强烈的社交属性，开始注重融合多种模式和玩法，尤其注重加入其他桌游的机制、阵营等玩法，让剧本杀在桌游的激烈竞争中脱颖而出，呈现出"故事＋机制"的融合发展趋势。

什么是"机制"？通俗地说，我们可以认为它是"游戏中的游戏"，用以规定特定的玩法，在剧本杀这场游戏中，加入另一个简单的桌面游戏，以达到玩家之间破冰、调节气氛和推动剧情等目的。

在"机制本：新玩法，新体验"一节中，我们已经通过《以父之名》和《收获日》两个机制本，了解了剧本杀中的机制是如何运作的。"机制"就是在剧本杀这一游戏中，独立设置相关规则，引导玩家根据规则进行游戏中的游戏，比如《以父之名》中的枪战游戏、《收获日》中的作案游戏，以及《来电》中的敛财游戏、《极夜》中的情境探险游戏等。

除了开场，机制还可以存在于剧本的中间和结尾。一些"阵营本"中，不同阵营之间的对抗主要由机制完成，由于阵营本的主要玩法就是阵营间相互对抗，分出胜负，所以在阵营本中机制通常贯穿整个剧本；剧本杀用一个机制来收尾也是一种常见的安排，通过机制和玩法将整个剧本的流程和玩家游戏的体验推向高潮，在玩家充分体验之后，通过复盘给玩家交代整个故事，结束游戏。

机制应该如何设计？通常来说，机制并不完全是作者原创的，而是利用了现成的机制，或者对一些桌游进行改造的产物。

以《汇通天下》为例，在这个阵营本中，就采用了现成的机制。《汇通天下》本质上是一个"团建本"，剧情和机制都不很复杂，其主要目的就是社交。在该本中，阵营对抗的基本规则就是"赚钱"，阵营的胜负是由最终金钱的多少判定的。当玩家随着剧情来到了"赌场"时，可以通过"赌博"赚钱，赌场中的机制采用现实中的规则，利用骰子，规则有"吹牛""梭哈""大比小"等等。

被改编为剧本杀机制的桌游有"阿瓦隆""一夜狼人""狼人真言""骇浪求生"等等，我们可以通过对比"狼人真言"和《九不思议街》中的"填字游戏"机制，看看桌游是如何被改编为剧本杀机制的。如表9-1所示。

表9-1　　"狼人真言"与《九不思议街》中的"填字游戏"比较

游戏 同异	狼人真言	填字游戏
相同	有一个主持人与数位玩家（主持人在"狼人真言"中被称为"市长"，在"填字游戏"中被称为"金木管家"）；"狼人真言"支持4～10人游戏，《九不思议街》是六人本	
	主持人选择一个词条，玩家需向主持人提出只能回答"是"或"否"的问题，主持人只能回答"是"或"否"，玩家根据主持人的回答在有限的时间内猜测词条（问题必须与游戏相关，无关的问题主持人可以不回答）	
	玩家中的特殊身份为"预言家/先知"，可以得到词条的正确答案，但是"预言家/先知"不能说出正确答案，只能通过提问诱导其他玩家回答出正确答案	
不同	当玩家们猜出词条时，玩家中的"狼人"开始捕猎"预言家"：若其正确捕猎到"预言家"，则"狼人"方获胜；反之，则"好人"方获胜	当玩家们猜出词条时，"金木管家"开始捕猎"先知"：若其正确捕猎到"先知"，则"金木管家"获胜；反之，则玩家方获胜
	当玩家们未猜出词条时，"好人"可以指认玩家中的"狼人"：若正确，则"好人"方获胜；反之，则"狼人"方获胜	当玩家们未猜出词条时，失败
	玩家中除了"预言家"和"狼人"之外，其他"好人"玩家没有特殊技能	"金木管家"既是主持人也是"狼人"，玩家中没有"狼人"，除了"先知"可以知道词条的正确答案之外，其他玩家也有各自不同的技能
	"狼人"方和"好人"方各有输赢	"金木管家"需要尽量保证玩家方获胜

可以发现，"填字游戏"的核心即"狼人真言"，作者对其做了适应性的改变，使之与《九不思议街》的剧本融合。由于该本为 PVE 本，所以删去了"狼人真言"中"好人"与"狼人"的对抗，改为玩家与 NPC 的对抗；为了照顾到所有玩家的游戏体验，作者给每个角色都安排了特殊技能，且因为每个角色在剧本中都有一位守护文豪，六名文豪分别是爱伦·坡、洛夫克拉夫特、莎士比亚、玛丽·雪莱、玛格丽特·米切尔、阿加莎·克里斯蒂，所以每个角色的特殊技能都与各自的守护文豪相关；"填字游戏"机制作为剧本中的一个小环节，扮演"金木管家"的主持人需要尽量使玩家获胜，甚至可以放水，以保证剧本杀游戏顺利进行。

我们可以关注多种多样的桌游，将之作为我们的素材库，选择合适的桌游机制进行改编。在设置机制时有几点需要注意。

第一，思考设置机制的目的。机制是为了破冰、活跃气氛，还是为了推动剧情发展、隐藏关键线索，抑或是阵营之间的对抗？根据目的决定机制的内容以及出现的时间点，制造反转。

第二，思考机制的学习成本。除了将机制作为核心玩法的机制本，剧本杀游戏中的机制不能喧宾夺主，不能过于复杂，要让玩家在有限的时间和思考量中体验到机制的乐趣。

第三，思考机制与剧情的兼容度。机制是否能和剧情融合在一起，不让玩家在游戏的过程中产生割裂感？机制始终是为剧情服务的，而不是相反。

第四，思考机制的可行性。机制是否可以如预想的一般成功运转？机制不仅要理论上可行，还要通过实践中的测评，如果出现 bug，就必须修改，直到完美。

第十章　投放信息

- ◆ 逻辑连连看，谜底大揭秘
- ◆ 重重信息，藏于文本
- ◆ 剧本的谎言

到此为止，我们已经构建出一个完整的故事。现在，我们需要转换思维，从玩家角度自下而上重新审视整个故事。

整个故事可以简单地分为谜底与谜面。

谜底是事情的真相，是玩家最后推理出来的结果。

谜面是呈现在玩家眼前的直观现场。

玩家最初接触的是**谜面**，通过信息的搜集与整合，通过信息与信息的环环相扣，他们建立起一座抵达**谜底**的桥梁。

这一思维过程叫作**逻辑推理**，这座桥梁叫作**逻辑链**。

逻辑连连看，谜底大揭秘

玩家从谜面走向谜底，在这个过程中所需要的就是信息，信息可以分为**线索信息**与**道具信息**（简称为线索与道具）。

线索指的是藏在人物剧本中的信息，需要玩家通过阅读从字里行间发现。

道具指的是**外置于剧本的实物**，如死者的尸体、某位角色的私人物品、角色所需的服饰等。由于成本限制，在桌面剧本杀中，道具通常以"线索卡"的形式出现，即卡片化的道具。不是所有的道具都会卡片化，如《惠子》的笔仙游戏工具就有实体道具，《我有一座冒险屋》[①] 也有实体镜子与锤子等。实体化道具往往在整个故事中占据举足轻重的地位，具有营造氛围的功效等。而在实景剧本杀中，这些道具将会实体化，藏在实景中的各个角落，模拟真实的探案过程。

———————————

① 《我有一间冒险屋》：宇航著，长沙硬核文化发行，下有引用不再注释。

简单来说，**道具信息就是物证，线索信息就是人证**。

直接将故事拆分成信息未免太过困难，先让我们以《死穿白》为例，看看玩家如何从**谜面一步一步推导出谜底**。

《死穿白》是一部推理本，故事非常简单，虽然每个人都有不同的支线任务，但玩家只要找到真正的杀人凶手，游戏就宣告结束。

《死穿白》的谜面是汉斯·里莫瑞特被人杀死，谜底是盖尔杀死了德雷克。想要从谜面走向谜底，玩家必须知道：盖尔是杀人凶手，死掉的是德雷克而不是汉斯。在《死穿白》中，凶手与死者的身份都成了谜团，需要玩家自己去发现真相。

最初，呈现在玩家面前的谜面是汉斯·里莫瑞特被人杀死，玩家首先会思考：**杀人凶手是谁**？通过搜证，玩家可以掌握大量的道具信息，同时玩家也可以在各自的文本中挖掘出大量的线索信息。

想要推导出"被杀死的是德雷克，汉斯与德雷克交换了身份"，需要知道图 10-1 中的三大信息。这三大信息又可以进一步拆解，如图 10-1 中的小字所示。

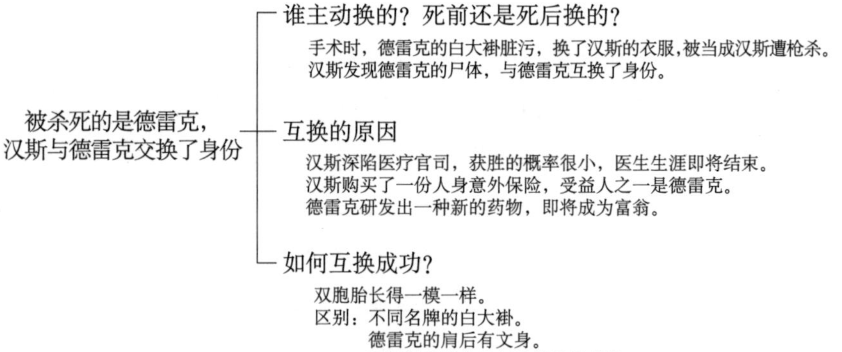

被杀死的是德雷克，汉斯与德雷克交换了身份

— 谁主动换的？死前还是死后换的？
　　手术时，德雷克的白大褂脏污，换了汉斯的衣服，被当成汉斯遭枪杀。
　　汉斯发现德雷克的尸体，与德雷克互换了身份。

— 互换的原因
　　汉斯深陷医疗官司，获胜的概率很小，医生生涯即将结束。
　　汉斯购买了一份人身意外保险，受益人之一是德雷克。
　　德雷克研发出一种新的药物，即将成为富翁。

— 如何互换成功？
　　双胞胎长得一模一样。
　　区别：不同名牌的白大褂。
　　德雷克的肩后有文身。
　　汉斯的手指上常年戴着结婚戒指。

图 10-1　《死穿白》德雷克与汉斯互换身份解析图

这些信息在剧本杀剧本中将会转换为线索或道具，玩家需要运用自己的智慧将这些线索、道具相串联，组成一条逻辑链，最终导向真相。①—⑧皆是直接展现在玩家面前的线索或道具信息。

①检查死者的身体，发现他的手指上没有戒指痕迹（道具信息）。

②德雷克与汉斯是双胞胎，唯一的不同是德雷克的肩上有个小纹身（线索信息）。

③检查死者的身体，发现死者肩胛骨上的纹身正好被子弹贯穿，看不出原貌（道具信息）。

由②与③可以推出汉斯和德雷克有互换身份的可能性，①则产生疑点，加重了这一可能性，但不排除汉斯只会在工作以外的时间戴戒指的可能性。

④汉斯被法院传唤过，要求在下星期二到庭（道具信息＋线索信息）。

⑤一份保险合同，注明若汉斯死亡，妻子盖尔、弟弟德雷克与医院共同获得约六百万美元的赔偿（道具信息）。

⑥德雷克研发出昂贵药物，即将成为富翁（线索信息）。

④与⑤说明汉斯的人生跌入谷底，可能永远无法翻身，⑤与⑥说明德雷克即将成为富翁，④—⑥说明汉斯与德雷克境遇的不同，赋予汉斯与德雷克交换身份的动机，但无法说明汉斯因此杀害了德雷克，没有信息表明汉斯知道妻子盖尔出轨德雷克。

⑦德雷克的外套在手术中被弄脏，手术结束后决定去换外套（线索信息）。

⑧汉斯死于实验室（道具信息＋线索信息）。

由⑦可知在作案时间内德雷克可能出现在更衣室，由⑧可知汉斯死于实验室，结合⑥可知德雷克出现在实验室的可能性更大。

通过①—⑧能够得出德雷克与汉斯互换身份的可能性，但不能百分百确定，还需要结合对凶手的推测。

结合其他线索信息和道具信息，可以做出以下推理：理查德拥有的枪是作案凶器＋理查德的枪是在停车场垃圾桶捡来的＋作案时间内盖尔出现在停车场——盖尔有作案时间；盖尔出轨并怀孕＋丈夫汉斯医生的事业出现问题且他有可能面临牢狱之灾＋盖尔是丈夫巨额保险的受益者——盖尔有作案动机。由以上两条逻辑链可以推理出盖尔是杀人凶手。

盖尔的杀人目标是汉斯，但从①—⑧的逻辑链推理能够发现，汉斯和德雷克很可能互换了身份，因此盖尔很可能杀错了人。由于玩家们还会进行圆桌讨论，汉斯并不知道盖尔与德雷克的私情，因此扮演汉斯的玩家很可能在讨论中暴露自己的身份。

总而言之，玩家掌握表层信息，表层信息能够推导出深层信息，紧密相连的信息形成逻辑链，帮助玩家揭开最后的谜底。

对创作者而言，我们需要从谜底走向谜面，通过信息的拆解制造多样的表层信息。

重重信息，藏于文本

下面以剧本杀剧本《刀鞘》中的凶案为例，详细讲解**信息的拆解、分层与放置**。

"金点儿杀死刀鞘"这一事实可以拆解成三个问题（即三个信息）：

> 为什么杀？
>
> 怎么杀？
>
> 何时杀？

这三个大信息又可以拆解成众多不同的小信息，一部分作为线索信息出现在角色剧本中，一部分成为道具信息供玩家搜证。

下面是具体的信息。

金点儿

［物品（可使用）］吗啡（1号信息）

可使用或者深入（－1行动点）二选一

（我知道你想兴奋一下）

吗啡（2 号信息）

经检测就是吗啡，一种兴奋剂

使用后，武力值＋1

可惜这瓶你用来检测了

一沓碎纸（3 号信息）

发现一沓碎纸：

仔细辨认，应该是记录了一些普通的摩斯密码

由于撕得太碎，具体内容已经无法辨认

但可以依稀辨认出 4 个数字：1010

一张毕业照（4 号信息）

金陵女子大学毕业照

合影中标注班主任的名字叫陈秀良

此人目前被怀疑是共谍

正在南京保密局的抓捕范围内

黎芊芊随身

（公共线索）黎医生的随身医药箱（5 号信息）

存放针管和针筒的隔层，空出了 3 个位置

［物品（可使用）］黎医生随身医药箱：苯妥英钠（6 号信息）

这是一种精神类药物，用于治疗癫痫

　［物品（可使用）］黎医生随身医药箱：吗啡（7 号信息）

可使用或深入（－1 行动点）二选一

（我知道你想兴奋一下）

线索深入（8 号信息）

装吗啡的药品是桶形玻璃瓶，上面封了一层铝膜

铝膜边缘有一个小孔，看起来像是被针扎过

瓶中的液体经过检测，基本上只检测出微量的吗啡成分

里面装的主要是另一种精神类药物：氯氮平

这种药物如果按照这一瓶的剂量注射，会诱发癫痫症状

审讯室

（公共线索）看守审讯室的行动科员说：（9号信息）

今天没有什么异常

7：00：金科长进入审讯室

7：10：钟科长离开

8：30：金科长离开

9：15：郑主任进入审讯室

9：25：纪副局长进入审讯室①

9：30：郑主任离开

9：45：钟科长进入审讯室

9：50：黎医生进入审讯室

9：55：纪副局长离开

10：05：吴局长进入审讯室

10：25：总务科科员给犯人送食物

10：30：张科长进入审讯室

10：35：张科长离开

（公共线索）一个已经使用过的针管和针（10号信息）

只检测出苯妥英钠的成分

　　（公共线索）《尸体过敏报告》（11号信息）

死者对苯妥英钠严重过敏，

常规剂量注射即可引起死亡

　　（公共线索）《尸体验血报告》（12号信息）

尸体血液里含有：

---

① 纪寒士剧本交代：纪寒士9：20来到审讯室门口，9：25已在审讯室内与郑可妮交流。而第七章提到，纪寒士9：20进入审讯室。这是由于不同角色的剧本给出信息的时间点或存在5分钟误差，应是剧本疏漏，但不影响玩家进行推理。

吗啡，氯氮平，苯妥英钠

（公共线索）一个已经使用过的针管和针（13 号信息）

检测显示主要成分为氯氮平，还有轻量的吗啡

一枚窃听器（14 号信息）

死者绑椅的右手扶手下面有个窃听器

医务室

（公共线索）医务室护士说：（15 号信息）

我们昨天工作得太晚了，所以凌晨 5 点，在犯人脱离危险期后，黎医生就让我们回家休息了，并嘱咐我们中午 12 点回来就可以了。她一个人替我们值班，真是太辛苦了！

（公共线索）医药柜（16 号信息）

柜中放置氯氮平的位置是空的

这是一种精神类药物，主要用于治疗精神分裂症

在身体虚弱时注射，或过量注射都会诱发癫痫

金点儿档案（17 号信息）

女，1919 年北京出生

父亲不详，母亲：金安娜（已故）

舅舅：国民党陆军次长（副部长）金华

1932 年，北平文汇大学堂学习

1934 年，南京金陵女子大学学习

1940 年，进入军统局"临漫特训班第二期"

1941 年，军统局本部任电讯处副科长

1946 年，升任天津保密局电讯科科长

黎芊芊

9:25：正当你们讨论营救细节的时候，金点儿进入医务室，说自己头疼，想让你开一些止疼片给她。看到张思晗也在医务室，她

眼神暧昧，仿佛在向你示威，张思晗很快借口有事先行离开了。你发现平时最常用的止疼片用完了，于是让金点儿在医务室稍等，自己去仓库取止痛片给她。

9:35：你回到办公室给她止痛片时，她还阴阳怪气地说自己昨天晚上和张思晗去了一个高档餐厅，那里的牛排很好吃，让你有机会也去试试。

$\cdots\cdots\cdots\cdots$

10:10：钟子琛让你给刀鞘注射吗啡，吗啡可以让虚弱的刀鞘尽快苏醒。你无法拒绝，不过在注射的时候，你发现自己的注射器和针头少了一套。

$\cdots\cdots\cdots\cdots$

10:40：刀鞘在受刑过程中突然抽搐，瞳孔放大，口吐白沫。钟子琛赶紧让你诊治，你发现刀鞘的症状应该是癫痫发作。你很奇怪的是，你并不知道刀鞘有过癫痫病史。而且作为天津地下党的最高负责人，患有癫痫病也是非常不合理的。但头部外伤很容易诱发癫痫，可能是他在中枪倒地的时候，摔伤了头部。你也没多想，立即建议钟子琛，为刀鞘注射苯妥英钠治疗。钟子琛同意了。

10:45：你没有趁机给刀鞘注射聚氢胺钠，这种药物本就非常危险。如果刀鞘的癫痫是真的，那么这个时候使用此药很可能直接要了刀鞘的命，你正常为刀鞘注射了苯妥英钠。

10:55：苯妥英钠发挥作用，刀鞘的抽搐减缓。

11:15：刀鞘突然全身皮肤红肿，抽搐痉挛，呼吸困难，这是非常严重的过敏症状。你尝试治疗，但为时已晚，刀鞘死亡。

吴恩光

9:35：你在走廊抽烟，看到一个曼妙的身影朝洗手间的方向走去。不过仅看背影你很难确定是谁。她左手一直插在口袋里，好像很冷，但右手却一直在擦额头，看起来又觉得她很热。

9:45：你抽完烟正准备回办公室，看见黎芊芊从医务室出来，正要将门反锁，此时郑可妮叫住她，随后黎芊芊便把挂锁交给郑可妮，自己往审讯室走了，郑可妮自己进入了医务室。

郑可妮

9:35：你在洗手间，干呕了一会。这时听见有另一个人进入了洗手间，不过很奇怪，此人进入后，只是短暂停留，就离开了。既没有冲水声，也没有洗手声。

钟子琛

10:10：你让黎芊芊给刀鞘注射吗啡，这是军统的常用手段，可以让虚弱的犯人尽快醒过来。

…………

10:40：刀鞘一直展现出不合作的态度，让你只能继续对他用刑。没过多久，他突然开始抽搐，瞳孔放大，口吐白沫。你赶紧让黎芊芊诊治，她判断刀鞘的症状应该是癫痫发作。这让你有些奇怪，作为天津地下党的最高负责人，患有癫痫病是非常不合理的。黎芊芊解释说：头部外伤很容易诱发癫痫，可能是他在中枪倒地的时候，摔伤了头部。她建议，为刀鞘注射苯妥英钠治疗。你同意了。

10:55：苯妥英钠发挥作用，刀鞘的抽搐减缓。

11:15：刀鞘的全身皮肤开始红肿，四肢痉挛，呼吸困难，这是非常严重的过敏症状。黎芊芊尝试治疗，但为时已晚，刀鞘死亡。

以上引用的原文是"金点儿杀死刀鞘"在剧本中所涉及的所有信息（此本是阵营本，"金点儿是中共卧底"这一信息，除少量道具信息外，皆暴露在玩家相互试探中，涉及文字较多，不列出）。

张思晗

9:25：正当你们讨论营救细节的时候，金点儿进入医务室，说自己头疼，想让芊芊开一些止疼片。看到你后，她眼神暧昧，又瞧见你戴着昨天她送给你的帽子，很高兴。值得一提的是，她左手中指今天特地戴了你们的订婚戒指，这个戒指你还是第一次见她佩戴。你怕她做什么出格的举动被芊芊看到，就借口有事先行离开。

9：40：回到办公室，你接到手下的电话，说今天清点总务科仓库，丢失了一套最新的美式窃听设备和一部发报机，这套设备昨天早晨例行清点时还在。你让属下继续清点看还有什么设备丢失。

刀鞘的死亡症状：

全身皮肤开始红肿，四肢痉挛，呼吸困难，这是非常严重的过敏症状。（线索）

刀鞘的详细死因：

《尸体过敏报告》：死者对苯妥英钠严重过敏，常规剂量注射即可引起死亡。（道具）

《尸体验血报告》：吗啡，氯氮平，苯妥英钠。（道具）

三种药物的效果：

吗啡：兴奋剂。（道具、线索）

氯氮平：这种药物如果按照这一瓶的剂量注射，会诱发癫痫症状。（道具、线索）

苯妥英钠：这是一种精神类药物，用于治疗癫痫。（道具、线索）

——刀鞘的死因是**注射了苯妥英钠，导致过敏而亡。**

从黎芊芊的剧本（非凶手视角）玩家可以获得以下线索：钟子琛让你给刀鞘注射吗啡，吗啡可以让人虚弱……你无法拒绝，不过在注射的时候，你发现自己的注射器和针头少了一套。你正常为刀鞘注射了苯妥英钠。

从钟子琛的剧本（非凶手视角）玩家可以获得以下线索：你让黎芊芊给刀鞘注射吗啡……她建议，为刀鞘注射苯妥英钠治疗。

——通过黎芊芊和钟子琛的相互验证，玩家能够发现**刀鞘一共被注射了两针药剂：吗啡和苯妥英钠。**

那么，刀鞘体内的氯氮平是怎么出现的？

　　如果玩家选择对道具"黎医生随身医药箱：吗啡"进行深入探索，就会发现药瓶中的吗啡已经被换成了氯氮平。或者，通过针管道具的线索可知：针管内含有氯氮平和轻量吗啡。

　　——可以推测出**黎芊芊药瓶中的是氯氮平而不是吗啡**。

　　再结合黎芊芊视角的线索：发现自己的注射器和针头少了一套，以及医务室的医药柜中放置氯氮平的位置是空的。

　　——可以推理出**有人用医务室现成的氯氮平更换了原本装有吗啡的药瓶**。

　　通过护士们的证词，能够得知当天只有黎芊芊（9:00－9:25、9:35－9:45）一人在医务室内。而通过时间线梳理会发现，当天张思晗（9:00－9:25[①]）、金点儿（9:25－9:35）、郑可妮（9:45－9:50）都到过医务室。

　　——推测出**金点儿、郑可妮有作案时间**。

　　结合吴恩光、郑可妮视角中的线索信息，玩家可以发现9:35的时候有一个曼妙的身影走进洗手间：她左手一直插在口袋里，好像很冷，但右手却一直在擦额头，看起来又觉得她很热。此人进入后，只是短暂停留，就离开了。既没有冲水声，也没有洗手声。

　　——根据其不正常的举动，可以假设此人就是凶手。

　　又有，刀鞘体内吗啡的来源：7:00刀鞘脱离生命危险，9:15刀鞘已苏醒，9:45刀鞘处于昏迷状态，通过审讯室进出记录能够发现凶手大概率是在7:00－9:15为刀鞘注射了吗啡，强制使刀鞘苏醒，金点儿是最大的嫌疑人。

　　——最后，能够锁定**金点儿就是杀死刀鞘的凶手**。

　　如图10-2所示，以上信息可以分出四个层次，呈现在玩家面前的是第三、四级信息，只有破解第四级信息才能获得第三级信息。只有对庞杂的第三级信息进行整合、配对，才能通过进一步推理得出第二级信

---

　　① 不同角色的剧本时间发生矛盾，按照正常逻辑此处应为9:25。

息。综合第二级信息，则可推知第一级信息，即事实。

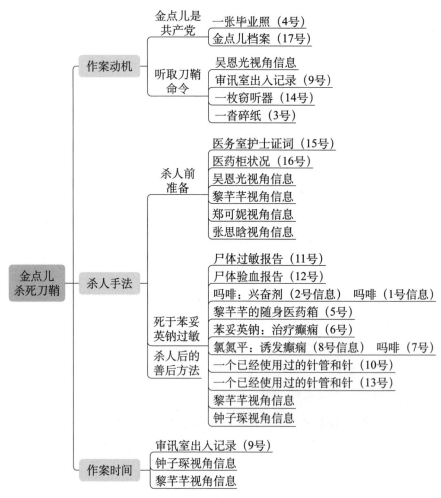

图 10-2 《刀鞘》信息流汇总

我们必须清楚，玩家面对的不是事实，而是事实所呈现出来的场景。因为凶手作案，所以有了犯罪现场，犯罪现场就遗留下了痕迹。

信息就是痕迹，是角色行动的痕迹，是角色存在的证明。

从以上的分析中，我们也能够发现，事实并不一定只对应一条信息。

如"黎芊芊的药物被更换"这一事实，就对应 7、8、13、16 号道具信息，而在黎芊芊、钟子琛等角色的剧本中也藏有相应的线索信息。可以说，"某人更换黎芊芊药物"这一行动遗留下了如此之多的痕迹。

信息数量越多、层级越多，谜面到谜底的距离越远，玩家构建的逻辑链越长，也越复杂。

下面是凶手金点儿剧本中相应的线索。

金点儿

7:25：等人走后，你从袖子里拿出早已准备好的吗啡（兴奋剂）注射至刀鞘的体内，打算强制唤醒他。没过多久，刀鞘开始有了苏醒迹象。

7:30：刀鞘缓慢睁开眼睛，看到面前的是你，好像有些意外，但随即便十分放松，目光柔和地对你微笑，可能是陈修良给他看过你的照片。他很虚弱，还说不出话。你跟他说你就是1010，并把一个窃听器安装在他绑椅的扶手下端。你告诉他可以通过敲击摩斯密码给你传递指令，你会想办法救他。他用手指在绑椅的扶手上象征性地敲击了一串代码来回应你，意思是：明白。

⋯⋯⋯⋯⋯⋯

8:45：你从监听器听到轻微的敲击声，通过密码翻译出：

"我已深陷地狱，再无见到光明的可能，天津解放在即。为避免造成更大的损失，请执行我最后的命令：想办法给我注射氯氮平，使我产生癫痫症状。这样可以引诱敌人为我注射苯妥英钠，我对这种药物严重过敏，只要注射一定剂量就会让我死亡。"

⋯⋯⋯⋯⋯⋯

9:25：你决定执行命令，便借口头疼来到医务室。你看到张思晗也正在医务室，你眼神暧昧地看着他，他只好借口有事先走了。趁黎芊芊不注意，你还偷走了药柜里所有的止疼片。她发现止疼片没有了，便让你稍等，她去仓库取给你。

趁她不在，你从她的医疗箱里偷了一个注射器，还从药柜上拿了一盒氯氮平，并将她随身医疗箱中储备的吗啡全部用针管抽出，又在空瓶内替换注射了氯氮平。

9:35：黎芊芊回到办公室把止疼片给你，你为了掩饰，特意炫耀地说，昨天晚上张思晗带你去了一个高档餐厅，那里的牛排很好吃。

然后你离开医务室，把针头和针管丢入洗手间的垃圾箱。

我们能够发现，金点儿的每一个行动都与其他角色剧本中的线索信息、道具信息相对应。

牢记，**将事实拆解成信息**是制作线索与道具的首要步骤，信息可以分为**道具信息**与**线索信息**。不同信息可以相互印证，导出同一事实。同一信息也可以出现在不同的角色人物剧本中，或作为道具信息存在。

道具信息是客观存在的物品（包括尸体痕迹、尸检报告等），存在于案发现场、相关人员抽屉等空间中的实物，是独立于角色本身存在的相关联的物品。

而**线索信息是视角信息，是角色通过视听等感官获得的主观信息**，出现在角色剧本中。

简单来说，道具信息就是物证，线索信息就是人证。

如果仍然不明白如何拆解信息，**不妨将自己代入故事中的角色，想象角色的行动，想象角色在行动中碰到了谁？遗留了什么？获得了什么？**

此外，人与人之间的交集，也会留下物证或人证，《刀鞘》中"金点儿与张思晗订婚"这一事实，玩家在搜证中就可以找到"两人的订婚戒指"。不只是凶案事实需要拆解信息，故事中的其余支线也需要拆解信息。

在整个故事中，人物的每一次行动、与他人的每一次交集、个人的每一处成长都有可能留下痕迹。我们需要思考的是，这些痕迹需不需要变成信息呈现在玩家面前。

我们需要确认：什么是对玩家推理出事实真相有用的信息？什么是无关紧要的干扰信息？

剧本的谎言

除了故事层面的设计，剧本杀作者还可以在叙事（故事讲述）层面隐藏信息，制造难度，在推理作品中，这种手法被称为叙述性诡计。"叙述性诡计，是作者利用文章结构或文字技巧，刻意地对读者隐瞒某些事实或误导读者，直到最后才揭露出真相，让读者感受难以形容的惊愕。"[①] 作者"利用视角、时空观以及角色具体信息的模糊与错置造成的'不可靠叙述'"[②] 来实现剧情的反转，叙述性诡计欺骗的对象不是作品中的角色，而是阅读作品的读者。

阿加莎·克里斯蒂的《罗杰疑案》开创性地由第一人称叙述者"我"担任凶手，利用读者对主叙述者的天然信任，在叙事层面布下重重陷阱，引导读者走入预设好的误导性情境。[③] 对于作品中的角色而言，这种诡计往往不存在；但对于读者而言，当骗局被揭露，读者瞬间由旁观者变为当局者，惊呼被骗的同时也成为故事世界中的一员。一般来说，剧本以角色的视角展开，只会呈现角色能看见的事件，只要角色不在场，玩家就无法从故事讲述中得知这件事。天然的限知视角便于创作者布置叙述性诡计。《罗杰疑案》所采用的叙述性诡计在剧本杀游戏的创作中被广泛使用，玩家不会轻易怀疑自己阅读的剧本有假，当进入游戏尾声时玩家发现剧本中的内容皆是凶手伪造的，他们推理依赖的基础信息有假时，自然会感到无比震惊。这类剧本杀游戏通常将玩家设定为侦探或剧本杀玩家，他们只是受人所托来解开陈年悬案或展开一场剧本杀游戏，剧本中写的不是他们亲身经历的故事。通过这样的设计，创作者将剧本伪造

---

① 韩锡鹏. 叙述性诡计：推理小说中的人物不确定性叙述策略. 名作欣赏，2023（33）：67-69.

② 栗心怡. 叙述性诡计及其银幕叙事张力. 视听，2023（3）：29-32.

③ 同②29-32.

合理化，将玩家"玩弄于股掌之间"，如《红黑馆事件》《作者不详》等。凶手伪造自然不是这一叙述性诡计的唯一答案，出于不同的目的，任何人都可能伪造故事，甚至玩家扮演的角色也可能伪造故事。

叙述性诡计的体现与文本的整体结构联系紧密，在角色身份、角色关系、人物行动、人物行动间的联系等各方面都有体现。其中最主要的是人物身份的不确定性，包括通过"不可靠叙述"混淆人物行动，隐藏曲解人物身份信息。[①]"不可靠叙述"这个概念由韦恩·布斯在《小说修辞学》中提出："当叙述者的讲述或行为与作品的规范（即隐含作者的规范）相一致时，其称为可靠叙述者，反之则为不可靠叙述者"[②]，《罗杰疑案》就属此类。在推理小说中，该方法大多通过第一人称叙述体现，而剧本杀剧本多为第二人称叙述，剧本杀与小说的媒介差异，让这一叙述性诡计难以轻易在剧本杀中复刻。

对人物身份信息的隐藏与曲解在剧本创作中更为普遍，这一方法旨在模糊角色的特质，如性别、年龄、身份等，使读者无法将具体角色与具体行为相结合。《红黑馆事件》主要使用了这种方法，通过主语的省略、对话排序、父母离婚后小孩要改姓、角色患有认知错误等叙述方式与设定，使玩家混淆了角色与角色间的关系，绘制出错误的人物关系图。此外还有对地点、时间的模糊与扭曲，如《持斧奥夫》中多个不同时间发生的情节相似的案件发生在同一地点，当空间与时间重叠时，玩家难以厘清每个案件。此外《持斧奥夫》中还有一人分饰两角的情节，玩家对此毫不知情，因此在解题时困难重重。

除了这些传统的叙述性诡计，剧本杀游戏也有着独特的叙述性诡计。在剧本杀游戏中重要的文字往往会加粗，玩家只需要阅读加粗文字就可以知道必要信息，某一剧本杀游戏就反其道而行，只有剔除加粗文字后，展现在玩家面前的才是真正的人物故事。

---

① 韩锡鹏. 叙述性诡计：推理小说中的人物不确定性叙述策略. 名作欣赏，2023（33）：67-69.

② 布斯. 小说修辞学. 华明，胡晓苏，周宪，译. 北京：北京大学出版社，1987：1.

叙述性诡计将一个简单的凶案故事变得错综复杂，大大增加了玩家的解题难度，被欺骗的唯有玩家，可谓剧本的谎言。

练一练

1. 尝试对以下信息进行分类（线索信息/道具信息）。

　　一张结婚证。

　　小明的角色剧本：你看见小红走进卫生间。

　　一封书信：字迹扭曲，向左倾斜。

　　小红的角色剧本：去食堂的路上，你遇见小兰，和她打了招呼。

　　食堂阿姨的证词：小明每天只吃西红柿炒鸡蛋。

2. 尝试将以下事实拆解成信息。

　　理查德嫉妒研发出新药物一夜暴富的德雷克，在网络上以"秃鹫"的昵称雇小偷去医院中心实验室的保险柜中偷取秘方。

　　纪寒士在抓捕共产党时，遭遇枪击，留下永久性伤痕。

　　钟子琛与金点儿自幼相识，他喜欢金点儿。国民党将败，钟子琛购买了一张机票、三块糖，和一封告别信一起交给金点儿。

3. 尝试用一段对话表达看起来是异性情侣实际上是姐妹的关系。

第十一章　　开始创作剧本

- ◆ 创造专属人生，书写人物剧本！
- ◆ 梳理整合，游戏复盘
- ◆ 创造"上帝"，安排全能 DM
- ◆ 丰富故事，让 NPC 活起来

通过第七章至第十章的叙述，我们已经了解了剧本杀中的"散件"：凶杀案、人物、世界观与规则、线索。上述要素属于"设计"，也就是传统意义上"构思"的部分，并未显现为纸面文字。对于剧本而言，属于玩家/阅读者推理、复盘出来的信息。现在，我们将这些散件整合起来，创作一部完整的剧本杀剧本。

完整的剧本杀剧本包括人物剧本和组织者手册。人物剧本是玩家拿到的部分，玩家阅读自己的人物剧本开始游戏；组织者手册是 DM 拿到的部分，包含了剧本的所有信息：故事介绍、游戏流程、故事复盘、推理复盘、小剧场等。在本章中，我们从人物剧本、故事梗概和组织者手册三个方面学习如何整合、创作剧本，最后简要说一下 NPC 的设置。

创造专属人生，书写人物剧本！

剧本杀的核心玩法是每位玩家拿到一份人物剧本，通过演绎剧本进行游戏，因此人物剧本在剧本杀游戏中处于中心地位。在前面几章中，我们已经完成了有关事件、人物、行动的设计，现在我们利用这些，为每一个不同的人物创作他们的专属剧本。

人物剧本一般以第二人称撰写，少数以第一人称撰写，使用"限知视角"，严禁出现"上帝视角"。人物剧本由人物经历的一系列事件组成，通过顺叙、插叙、倒叙等方式排列——这便是我们要讨论的"话语"，即故事得以传达的方式。

事件写作可以考虑从以下方面进行：A 做了什么事，A 做这件事的心理活动，B 看到 A 在干什么，B 在这件事上的反应，C 的视角看到了什么，等等。

不同类型的剧本杀，人物剧本采用的"话语"不尽相同。通常来说，推理本以顺叙的方式写作，还原本则以倒叙的方式写作。这些在第六章"确定剧本类型"已经有所涉及，本章将展开详细讲解。

无论哪一类剧本杀剧本，人物剧本中都必须包含这些要素：起始（聚集）事件、核心事件、背景事件（人物关系以及关系事件、人物目标与行动）、玩家任务。前三项都是人物剧本的故事内容，在前面的章节里已经阐述过设计的方法，需要我们在创作时将它们按照一定的顺序一一链接，形成完整的人物剧本。玩家任务则是剧本内容的总结提要，在玩家完成阅读之后，玩家任务可以突出大段文本中的重点，并且指导玩家在讨论和互动的环节需要做什么。玩家任务与事件、人物目标以及人物的行动息息相关。

当下人物剧本基本是多幕式剧本，在剧本中通过分幕分割玩家的阅读与游戏时间，游戏流程为"阅读—互动—阅读—互动"，在幕与幕之间穿插1～3项玩家的互动（小游戏、圆桌讨论等）。所以，我们首先以不同类型的多幕式剧本杀为范本，讨论人物剧本的撰写。

1. 推理本

通过对比现实推理本《雪乡连环杀人事件》的人物陈吉与超现实推理本《木夕僧之戏》的人物不破秋波，我们可以看出现实与超现实推理本在人物剧本撰写上的相似与不同。如表 11-1 所示。

表 11-1　《雪乡连环杀人事件》与《木夕僧之戏》人物剧本结构

现实推理本《雪乡连环杀人案》	超现实推理本《木夕僧之戏》
人物：陈吉（A 本）	人物：不破秋波
第一幕 地点、时间介绍 回忆：家庭背景 回忆：人物关系事件 人物动机及行动	游戏规则 第一幕 来到神社 回忆：作案动机与行动 回忆：出生与成长经历

续前表

现实推理本《雪乡连环杀人案》	超现实推理本《木夕僧之戏》
人物：陈吉（A本）	人物：不破秋波
公共剧场（小游戏） 第二幕 公共剧场（小游戏） 第三幕 公共剧场 第四幕 起始事件 你的任务 （圆桌讨论）	回忆：人物关系事件 人物关系简单梳理 公共剧场 个人支线、你的任务（圆桌讨论） 第二幕 公共事件（圆桌讨论） 进阶任务 追加规则 第三幕 8月16日白天 你的行动 公共事件（圆桌讨论） 第四幕 公共事件（圆桌讨论） 第五幕 地震事件 公共事件（圆桌讨论） 公共剧场 第六幕 寻找最后的凶手（圆桌讨论） 最终任务

注：《雪乡连环杀人事件》的人物剧本分为A本和B本，玩家在一场游戏中要演绎不同时代的两个角色，A本与B本所涉及的故事内容与排列顺序大致相同，故只选取A本进行分析。

首先，如上表所示，两部人物剧本都在开篇就突出了整部剧本的重点。《雪乡连环杀人事件》的案件发生在东北雪乡的新年夜，这一时间地点贯穿整个剧本，奠定了整体的氛围与基调。《木夕僧之戏》的玩法全部来自其创新的超现实设定，为了方便玩家理解，在开篇就放上了"化灵阵法"的游戏规则，这一游戏规则也间接说明了故事的世界观设定。这与早期剧本杀《死穿白》的人物剧本一脉相承，《死穿白》的人物剧本也是开篇先点出整部剧本的核心与重点，再罗列人物关系等相关事件。因此，作为需要玩家运用理性思维进行逻辑推理的推理本，开篇就将最重要的信息亮出来至关重要。

《雪乡连环杀人事件》的世界观设定与现实相同，不需要额外阐述，而《木夕僧之戏》则需要在人物剧本中说明特殊的世界观设定。

其次，《雪乡连环杀人事件》叙述了角色的成长经历与人物关系等，这些我们都可以笼统地概括为背景事件。将背景事件作为人物剧本的第一部分对现实推理本来说最为恰当，因为背景事件中包含了人物的家庭背景、成长经历、人物关系、创伤、动机等多个方面。而在《木夕僧之戏》中，在背景事件之前有一个现在时的聚集事件，接着用倒叙讲述背景事件，这与《木夕僧之戏》的超现实设定有关，通过顺叙、倒叙的方式可以省略掉木夕僧将众人召唤到一起的大量不必要情节，与开篇的游戏规则相承接。

采用何种叙述方法根据剧本的需要而定，一般情况下，背景事件总是在人物剧本中率先出现。而由于《木夕僧之戏》较为复杂的人物关系，剧本在第一幕附上了"人物关系简单梳理"，通过总结与提炼，以最快的速度帮助玩家了解人物关系，熟悉故事，快速进入游戏环节。这种方法可以在人物众多、关系复杂的剧本故事中使用。

再次，由于《雪乡连环杀人事件》与《木夕僧之戏》是较为新颖的推理本，在凶案的叙事上有所变化。在一般推理本的人物剧本中，是"起始事件＋部分核心事件＝角色聚集的起因经过结果＋凶案当天发生的事件"，而二者都直接"遗忘"了杀人经过。但与明确说明角色失忆的《木夕僧之戏》不同，《雪乡连环杀人事件》将凶案当天发生的事件（即核心事件）隐藏，交给玩家推理，凶案当天发生的事件从起始事件暂时变成了核心事件，但并没有任何迹象表明故事中的角色失去了记忆，只是玩家不知道当时发生的事情而已，创作者对叙述诡计的"玩弄"近似推理小说。

这两部人物剧本的分幕划分以"禁止翻开下一页"为界限。幕与幕之间，玩家进行互动，玩家的游戏过程也作为剧本故事的一部分存在。第二幕的内容一般为"玩家互动"后事件的进展，结局普遍不会在剧本中体现，由玩家自己缔造。

最后，第二幕以后，《雪乡连环杀人事件》与《木夕僧之戏》的走向就大为不同了。

《木夕僧之戏》在第二幕进入了核心事件，玩家得知自己其实已经被杀死，他们需要认领自己的骸骨并找出凶手。之后，每一幕描写的事件就是角色发现尸体，然后玩家展开讨论辨认尸体属于谁。这是一个 6~7 人本，除了一位边缘型人物和一位凶手，在第一幕之后一共有五幕，每一幕一具骸骨，最后在第六幕中玩家需要投出隐藏在他们之中的凶手。概括来说，《木夕僧之戏》的第二至第六幕都属于核心事件，通过分幕将核心事件划分为地位相当的不同阶段，而出现在人物剧本中的核心事件是角色遇到的"困难"，角色为了跨越"困难"所采取的行动则在人物剧本中留白，由玩家在现实中完成。

在《雪乡连环杀人事件》中，第一幕后通过两场公共剧场以及小游戏"破冰"，经过预热，在第四幕时间线来到一年后，通过"李开心去警察局取身份证"这一事件，将玩家再次聚集在猪肉店，开始探查猪肉店老板真正的死因，进入核心事件。

通过两部推理本的人物剧本梳理，如前面章节所述，我们能够发现故事的（部分）核心事件总是留给玩家去完成，而需要呈现在人物剧本中的是背景事件（人物的家庭背景、成长经历、社会关系、目标追求等）与起始（聚集）事件（将玩家聚集在一起、导致核心事件发生的事件）。

而如果有特别的世界观设定，需要在人物剧本中充分说明，否则玩家初期以现实思维逻辑进行推理后才发现这是一部超现实推理本，体验极其不佳。如某剧本杀剧本是一个超现实推理本，在故事中有鬼魂等超自然生物的存在，游戏开始并没有说明这点，而是由玩家在游戏过程中推出，会让部分玩家觉得剧本不合理。

此外，在人物剧本中采用倒叙、顺叙还是插叙，取决于游戏的核心玩法以及创作者想要玩家获得信息的先后顺序，总体来说推理本人物剧本的写作**以顺叙为主**，通过**平铺直叙**将玩家引入作为核心事件的凶案之中。

2. 还原本

现在市场上的还原本大体上分为两类：一类是与情感相结合的情感还原本；一类是单纯的还原本，即硬核还原本。

还原本的人物剧本撰写基本从**故事的末尾**切入，如图 11 - 1 所示，切入点一般在靠近大故事结尾的地方，玩家需要合作推理出 F1 时间段发生的事情，随后才能进入 F2 时间段，迎来故事的结局。

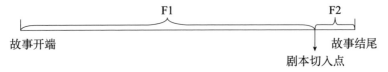

图 11 - 1　还原本故事线

如还原本《年轮》讲述的是一个永世轮回的故事，故事中的死者李子丰轮回转世六世，最后只求一死，而玩家所扮演的角色正是李子丰每一世的亲人与爱人。在《年轮》的人物剧本中没有丝毫"轮回"相关的内容，以顺叙的形式讲述了角色的成长经历以及角色与李子丰的亲密关系，随着李子丰的死亡，角色纷纷被叫到荒村，接着凶手杀死了李子丰扮演的陌生人。

剧本的内容到此为止，接下来，玩家需要放下剧本，开始寻找线索，讨论谁是杀死李子丰的凶手。

在推理本中，玩家事先知道基础的世界观设定，如《木夕僧之戏》中会事先告知玩家"化灵阵法"的规则，《周公游记》中也会事先告知"周公仪"的法则，以方便玩家在推理时运用这些规则。但在还原本中，角色全然不知作为基础的**世界观设定**，需要玩家从额外的线索中进行推测，可以说故事的世界观设定正是玩家需要还原的真相之一。

《月下沙利叶》《第二十二条校规》等还原本的人物剧本撰写，所用的故事逻辑与《年轮》相同，这类还原本的重点是特殊的世界观设定，有关世界观设定的信息一部分出现在"线索卡"中，一部分出现在人物剧本中。此类还原本的人物剧本需要在特殊世界观设定的背景下撰写，虽然玩家在阅读时看不出背后的特殊之处，**但写作者在撰写时必须牢记世界观设定**。

此外，隐去人物的姓名、身份也是还原本人物剧本的常见写作手法。剧本开篇角色时常处于**失忆状态**，当玩家在阅读人物剧本时，不能够直接得知自己扮演的是哪一个人物，需要自己推理出来。**姓名和身份也成了玩家需要还原的"真相"**。为了达到隐瞒姓名的效果，作者常常使用失忆、日记体、碎片记录等方式撰写人物剧本，无论采用哪一种方式，都是为了巧妙地隐藏需要玩家还原的信息。

因此，还原本人物剧本的写作方式呈现出多样化，可创作出许多独具特色的人物剧本。如某剧本杀剧本设计了故事维度与现实维度，故事中的 NPC 有了自我意识，篡改了人物剧本，进而影响到现实维度，在游戏中玩家玩的是两个剧本：假剧本与真剧本。一开始，玩家的人物剧本的顺序被打乱，每一页的内容不连贯，玩家甚至不知道自己扮演的是哪个角色。当 NPC 的存在被揭开后，玩家需要将被打乱的人物剧本还原为正确的顺序。又如以日记体的形式记录角色所思所想，由于日记体的局限性，记录的信息残缺不全，玩家有非常大的还原空间。

还原本经常会打破游戏与现实的界限，将游戏内容延伸到现实中，故事时常具有多重反转，为了实现反转，人物剧本中信息的留存就显得十分考究。推理本是玩家主动前进，而还原本则是**玩家被 DM 带着走**，因此还原本的整个故事经常存在玩家无法通过人物剧本与其他线索还原出来的部分。涉及 DM 与 NPC 的部分，我们会在之后的小节里详细阐述。

以上提及的剧本杀剧本，多是与情感本相结合的情感还原本，通过还原的方式使得情感层层叠加，最后引起玩家的情感共鸣。

硬核还原本在市面上的数量则较少。有些硬核还原本（如《持斧奥夫》）直截了当地告诉玩家他们就是来进行剧本杀游戏的玩家，他们不需要扮演什么角色，也不需要沉浸在什么剧情中，此时角色的成长经历甚至人物关系都不再重要，因为他们只是作者不了解的来玩游戏的剧本杀游戏玩家而已，**人物剧本开篇就是起始（聚集）事件，起始事件的作用**

就是将角色聚集起来，然后开启核心事件。

3. 阵营本与机制本

阵营本在故事叙述上并没有特别的地方，它的核心在其玩法，角色分为不同的阵营（或在明或在暗）进行博弈，最终阵营的胜利就是玩家的胜利。

阵营本普遍存在机制玩法，玩家通过机制玩法进行比拼，最终决出阵营的胜利。而机制本的创新主要集中在游戏玩法上，其人物剧本的撰写完全服务于游戏玩法。在人物剧本的撰写上，大部分阵营本与机制本没有特殊的写作方法与讲述顺序，以平铺直叙的顺叙为主。

如表 11-2、表 11-3 所示，通过将阵营本《刀鞘》《青楼》与机制本《极夜》《来电》的人物剧本进行对比，我们发现阵营本和机制本的撰写与推理本相似，在人物剧本中都交代了角色所经历的背景事件与聚集事件。这四部剧本都包含机制玩法，前三部在人物剧本中用一定的文字陈述游戏规则，而《来电》的机制玩法较为简单，由 DM 口头告知。《刀鞘》作为谍战阵营本，有其特殊的世界观（民国），剧本杀作者独具匠心地在个人剧本中放入了历史人物彩蛋、背景资料，增加了剧本的丰富度，增强了剧本与现实的联系感。

表 11-2 《刀鞘》与《极夜》人物剧本结构

阵营本《刀鞘》	机制本《极夜》
人物：金点儿	人物：比尔
一句话概括总结 家庭背景 成长经历、人物关系事件 时代事件 今天的事 你的任务 你的技能 历史人物彩蛋（选读） 《刀鞘》背景资料（选读） 基本游戏规则（选读）	第一幕 家庭背景 成长经历 人物关系事件 组队南极探险（起始事件） 第二幕 南极日记：核心玩法介绍

表 11 - 3 　　　　　《青楼》与《来电》人物剧本结构

阵营本《青楼》	机制本《来电》
人物：陈一兔	人物：李瑶瑶
第一幕	序幕
一句话概括身份	家庭背景
人物关系事件	成长经历
成长经历	关系事件
今日：同台表演会	起始事件
你的任务	任务
游戏规则说明	第一幕
第二幕	事件进展
人物关系事件	第二幕
你的任务	事件进展
第三幕	小剧场
起始事件：游戏规则说明	第三幕
第四幕	事件结局
事件进展	小剧场
游戏规则说明	
你的任务	

另外这四部剧本中只有《刀鞘》没有分幕，《青楼》《来电》《极夜》都进行了分幕。分幕是现今人物剧本写作的普遍做法，但不是必要做法。在小说中分幕往往代表着场景的转换或故事情节的重大变化，在剧本杀游戏中它有相似的功能。另外，分幕可以把控玩家阅读的文本量，剧本杀游戏毕竟是游戏，剧本阅读部分不宜过长，在序幕/第一幕就塞入大量文本，很容易让玩家在阅读中失去兴趣。每一幕的最后都是玩家互动环节，玩家由阅读状态切换为游戏状态，分幕将大段信息进行切割，给了玩家喘口气的空间。

4. 情感本

情感本注重玩家的情感体验，注重描写人物间的关系、人物的个人经历等。情感本的人物剧本字数明显比其他类型要多，一般单人的阅读量在 2 万字左右。情感本在人物塑造、细节处理等方面会细致得多，是最注重文字描绘的一种剧本杀类型。

　　情感本弱推理、重情感，是剧本杀经过数年发展，为了扩大受众面而产生的一种剧本类型。情感本的写作不需要非常强大的逻辑推理能力，自然玩家也不需要是推理爱好者。情感本注重情感体验，是传统小说家、网络写手等文字工作者转型为剧本杀作者后，最容易上手的一种剧本类型。

　　情感本不涉及玩法，不能独立存在，如果只是单纯的情感本，那么它不过是一部小说罢了。情感本必须与推理本、还原本、阵营本等其他类型相结合，才能成为剧本杀游戏。《你好》是最典型的情感推理本，虽然与推理本相结合，但其中的推理元素相对较弱，文字带来的情感体验部分特别突出。

　　在实践过程中，情感本一般选择与推理本、还原本相结合。因为"凶案推理"在大多数剧本杀剧本中非常普遍，所以一般前者被称为普通的情感本，《你好》就是此类；后者则是情感还原本，如《告别诗》《再见萤火虫》等。前者一般以顺叙讲述人物故事，后者则以还原本的叙述顺序讲述故事。"失忆"与"死亡"是情感本常用的故事内容，因为角色"失忆"，所以玩家不会知道自己扮演的角色已经"死亡"，游戏最后揭开角色已死亡的既定结局时，常是情感本的一大泪点。

　　情感一般分为亲情、友情、爱情、家国情等。有专注于一种情感的情感本，如《你好》《世界上最美的溺水者》；也有多种情感兼具的情感本，如《就像水消失在水中》《再见萤火虫》。爱情、亲情、友情是情感本普遍描写的三种感情，而这些感情普遍藏于角色的背景故事中，因此在推理本中只作为前情提要的背景故事，在情感本中占据了**核心位置**。

　　《世界上最美的溺水者》是一部优秀的情感本，通过循序渐进的剧情将玩家逐步带入角色的情感中，触动玩家的心灵，使玩家能够感同身受。剧本讲述的是二战集中营里六个孩子的故事，但是故事开篇并没有将玩家带入残酷的集中营，而是带着玩家来到了奇幻的童话世界。角色们失去了记忆，化身为各种动物，在船长的带领下在海上游行。上半部的风格轻松愉悦，但都是为了给下半部的真相做铺垫，下半部剧情转入了真实的集中营生活。

　　正是因为有了前半部的轻松愉悦，在阅读后半部分残酷的集中营生活时，悲伤难过才会更加汹涌与真切。如果没有前半部分，后半部分的悲哀不会那么强烈。

《世界上最美的溺水者》分为A、B两个剧本，A本是童话世界，B本是残酷的现实世界。从治愈到致郁，两部分剧本的情感衔接顺畅，每次转换都让情绪更进一步，最后玩家从现实世界回到童话世界。另有一部结构相似的剧本杀剧本，A本是魔幻世界的战士们与怪物决战的故事，B本则是抗疫故事。与《世界上最美的溺水者》不同，这个剧本杀从A本到B本的反转突兀，其原因是它的A本与B本是用不同的世界观背景讲述了一个相同的故事，从A本到B本，玩家的情感体验并没有变化，玩家没有1+1＞2的体验，反而觉得故事冗余重复，同时B本的结尾没有回到A本的剧情内容上，使A本、B本产生割裂，此剧本如果只有A本或B本，体验会比A本、B本叠加更好。

为了表达沉重的情感，《世界上最美的溺水者》描写了很多细节，如"旁边放着的尿桶满了，尿液便会从边上溢出，车厢里臭气熏天，空气变得无法呼吸""因为，那是奶奶织给你们的。奶奶啊，多么熟悉且亲切的字眼，此时竟然已经开始变得模糊"等，这些语句来自角色杠杠的个人剧本，分别出现在他初次来到集中营和他赴死前的情节中。这些语句在文本中没有实际的信息含量，对玩家的推理没有任何帮助。但《世界上最美的溺水者》剧本中有许多这样"无用"的细节，这些细节描写一点一点在玩家的心田堆积沉重而酸涩的情感。

这正是情感本写作与其他类型剧本写作最显著的不同。

情感本需要细腻地描绘细节表现情感，非常需要好故事以及作者的好文笔。也因为细节描写的需要，情感本的单个人物剧本字数一般在2万字左右，远远超过其他类型剧本的人物剧本字数。

5. 玩家任务

在人物剧本中，还有一个重要的组成部分：玩家任务。

玩家任务虽然是故事以外的部分，但是又和事件、人物目标以及人物行动息息相关。玩家任务就像剧本的画外音，通过"旁白"的形式告诉玩家人物的目标，明确玩家的游戏目的，保证剧本正常流程。玩家任务通常是在幕与幕分割的位置，也即剧本中"禁止翻开下一页"的位置。不同的幕中，通常可以设置不同的"玩家任务"，所以也被称为"阶段任务"，在游戏不同的阶段，玩家有不同的任务。

玩家任务大致可以分为三种类型：引导型任务、限制型任务、选择型任务。引导型任务就是"要求玩家去做什么"；限制型任务就是"不让玩家去做什么"，在剧本杀中，限制型任务通常指向"隐瞒"，即要求玩家隐瞒某个事件的真相；选择型任务即告诉玩家，"在你的面前有两个（及以上）的岔路口，走向不同的路会导致不同的故事发展与结局，你必须做出选择"。

在《金陵有座东君书院》中，以李梦蝶的人物剧本为例，我们可以看看玩家任务是如何具体设置的。以下是李梦蝶其中三个阶段的任务。

> 任务：
>
> 1. 救出司若兰。（本阶段主要任务）
>
> ——引导型任务
>
> 2. 隐藏你驯狗偷衣服的事情。
>
> ——限制型任务
>
> 3. 隐藏你用陆嘉明的诗包裹了烤鸭的事情。
>
> ——限制型任务
>
> 任务：
>
> 1. 隐藏你认识郎粲的事情。
>
> ——限制型任务
>
> 2. 聊聊这些年同窗们都经历了什么，并探查其他人来这里的目的。
>
> ——引导型任务
>
> 任务：
>
> 1. 隐藏你想杀南宫寒的事情。
>
> ——限制型任务

2. 确定你是否为杀害郎粲的凶手：若是则隐藏；若否，向副官交出真正的凶手。

——引导型任务 & 选择型任务

一般来说，玩家会根据人物剧本中的任务进行游戏，不过面对《金陵有座东君书院》的最后一个任务，即"交出真正的凶手"，玩家们基本都会选择替真正的凶手隐瞒，选择交出自己。因为沉浸在游戏过程中，他们已经成为一起抵御敌国入侵的真正的同窗好友，理性的游戏胜负已经不再重要，情感占据了上风。相似地，《世界上最美的溺水者》中玩家所演绎的人物也是在集中营同生共死的好友，在找出凶手的任务中，玩家们也大都选择了"顶罪"。

尽管作者布置了"玩家任务"，但玩家选择冲破任务的枷锁，根据自己的心意、情感和本能行动。当玩家违反了"玩家任务"，就表明玩家彻底融入了角色，与角色产生了共鸣。而这一切都依靠长足的剧情铺垫与情感堆叠，只有篇幅足够长的情感本能够做到。

所以，在设置玩家任务时，我们需要考虑以下三点。

（1）所有玩家在该阶段的主要任务是什么？

（2）某玩家隐瞒某个事件，对所有玩家推理出真相会造成何种程度的阻碍？究竟是无关紧要，还是增加了游戏的难度和趣味性，抑或缺失了关键证据，导致推理无法进行？

（3）在情感本的结局中，玩家的生死选择是否有充分的情感铺垫？能否给予玩家充沛的情感体验？

梳理整合，游戏复盘

上一节，我们将故事揉碎、打散、隐瞒、混淆，从角色的视角出发，书写一个个限知视角的个人剧本。

这一节，我们需要站上制高点，自上而下俯瞰整个故事，以客观的上帝视角写一份完整的故事梗概，这份故事梗概包含故事的全貌以及一切谜底的真相，故事主线与支线的一切前因后果都应该被纳入其中。

故事的切入口繁多，我们时常不知道如何下手。一般来说，故事梗概按照**时间顺序**书写，在此基础上按照逻辑顺序进行加工。故事梗概是概括性的，以叙述为主，可以将其视为创作大纲来撰写，即使是以细腻著称的情感本，也不应当在故事梗概里出现过多的描写。

这份千字的故事梗概也被称为"复盘"。在实际撰写中，一般将凶案过程单独撰写，因此复盘分为"故事复盘"和"推理复盘"两个部分。

"故事复盘"包含全部故事的来龙去脉、起因经过结果；"推理复盘"则主要解释凶案的部分，包括所有玩家的行动、时间线，凶手作案过程，如何从线索道具中推导出凶手，以及游戏中涉及的其他一切谜题等。梳理完成的这两份"复盘"，将会放在"组织者手册"中，在游戏结束之后由 DM 向玩家复盘。撰写这两份"复盘"既是一次查漏补缺，也是为了方便 DM 带本。

简单来说，"故事复盘"就是剧本杀的"说明书"，"推理复盘"则像"参考答案"，二者共同将游戏中的故事和推理解释清楚。"复盘"是"组织者手册"重要的组成部分。

"故事复盘"除了以上帝视角还原，还有一种常见的手法是以第一人称自述/信件的方式展现给 DM 和玩家，该"第一人称"通常是 DM 扮演的角色。如果 DM 的角色在游戏中充当"幕后黑手"，就可以采取这种方式，也能够让 DM 对自己将要扮演的角色产生理解。如《持斧奥夫》的"故事复盘"："亲爱的玩家：你好！请容许我介绍一下现在正在揭秘的'我'的身份，我的真名叫小卫·摩尔。我将这十年来的事情按照时间先后向你说明……"接着，展开故事的叙述，包括未在玩家剧本中写明的隐藏的事件，都在这部分一一揭露。又如《雪乡连环杀人事件》的"故事复盘"，以程俊的口吻向 DM 介绍："你好，在你看见这封信的时候，我已经在这个世界上'消失'了，从此刻起，你就是我……"然后用自白的方式阐述程俊所做的一切，即故事全部真相。

"推理复盘"是包含核心凶杀案和叙述性诡计在内的、所有需要推理的事件的汇总与解答。如《就像水消失在水中》的推理部分有"如何一一对应四张照片""如何找到自己的尸体并大略推出死亡顺序"以及"当天凶案剧情",《雪乡连环杀人事件》中有"1999 年金氏之死""2006 年王大达夫妻和五名祈福人之死""2007 年爆炸案""此时此刻李白之死"四个案件,这些都需要在"组织者手册"中写清楚。在一些体量大、剧情复杂的剧本杀中,作者还会针对玩家可能产生的疑问详细解答,比如《曦和失焰》中为玩家归纳了多方势力今日的行动,以便玩家更好地理解、复盘故事。

目前在多幕剧本杀中有一种流行趋势:每一幕都有一个案件,但玩家对案件真正的解决被延宕了,即为了混淆视听、制造反转,在每一幕结束时 DM 会引导玩家们共同得出作者设定好的错误结论,即"伪解答"。随着游戏的进行,或线索的逐渐披露,玩家们会渐渐发现"伪解答"中的不合理之处,从而推翻结论、重新推理真相。这些"伪解答"以及推理出"伪解答"的方法、发现"不合理"的线索、真相以及推理出真相的方法,也需要记录在"组织者手册"中。

创造 "上帝",安排全能 DM

既然是"组织者手册",所面向的"组织者"(DM)当然必不可少。DM 的重要性,在开篇就已经阐述过了,如何为你的剧本杀游戏创造"上帝",安排 DM,并且撰写"组织者手册"中需要 DM 学习的内容,就是本节要讨论的内容。

根据剧情参与度,我们可以大致将 DM 划为三种类型:第一类,并不参与剧情,仅仅以主持人的身份出场,为玩家把控游戏流程;第二类,有一个与剧情相关的身份,但是参与剧情的程度不高,更像是故事世界里的"旁观者";第三类,以非常重要的身份深度参与剧情,往往还涉及故事的核心诡计、精彩反转。

第一种类型的 DM 通常出现在早期的传统剧本杀中，当时的剧本杀对 DM 的安排比较简单，其任务只有把控游戏流程。而还有一些剧本杀追求"逻辑推理"的"本质"，也不会在 DM 上大做文章，比如"豪门惊情"系列①。

第二种类型的 DM 目前比较常见，尤其是在机制本、阵营本中，为了让玩家有更加沉浸的体验，往往会给 DM 安排一个与剧情相关的、"挈领"式的身份，与玩家一同参与到游戏中。比如：《来电》中 DM 的身份是"金主"，拥有给玩家"钱"的权力，玩家间的胜负就围绕着"钱"；《极夜》中 DM 的身份是"皇家地理学会会长"，由他带领玩家"征服南极"，就是非常合情合理的；《青楼》的故事发生在"青楼"里，DM 的身份就是一个"名妓"。

第三种类型的 DM 主要出现在难度较高的推理本、还原本中，DM 往往有多重身份，涉及诡计和反转，有时甚至还是"幕后黑手"、一切阴谋的发起人。第三种类型的 DM 较少，但是一旦创作得精彩，往往会给予玩家震撼的体验，比如"病娇男孩"系列②以及"日月星光影"系列③，DM 都在其中占据了重要的、高潮的戏份，其反转和真相都令玩家"细思极恐"。

需要 DM 以什么样的方式参与到剧本杀游戏中？思考并选择 DM 的类型之后，我们就可以继续"组织者手册"的撰写。

若选择了第一种类型的 DM，即 DM 没有剧情身份，只是一位主持人，我们需要做的就是在"组织者手册"中向 DM 阐述"游戏流程"。

---

① 由北京智乐源文化发展有限公司发行，该系列首部作品《丹水山庄》发行于 2016 年 9 月，是中国早期的剧本杀系列之一，截至 2023 年 7 月，该系列一共发售了 32 部剧本杀。该系列剧本杀以硬核、本格推理著称，回归剧本杀的本质，是很多硬核玩家心中的"白月光"系列。

② 由长沙鑫梦人生发行工作室发行，该系列共两部：《病娇男孩的精分日记》和《病娇男孩的恋爱日记》。

③ 由稻草人工作室发行的五部剧本杀的总称，它们分别为：《曦和失焰》《月下沙利叶》《千千晚星》《死光萦绕》《御星鬼影》。

通常，在开始阐述"游戏流程"之前，"组织者手册"会在开篇介绍剧本的相关信息，让 DM 对"开本"有一定的理解和准备，其相关信息包括故事梗概、故事背景、玩家角色、配件总量（音频、线索、道具……）等等，一切需要 DM 了解的信息都可以在"组织者手册"的开篇列出。若剧本杀游戏有特殊的需求，也可以在这里列出，比如《就像水消失在水中》需要准备饮料单、《极夜》需要购买极光灯、《雪乡连环杀人事件》需要准备饺子。还有一些剧本杀对角色的发放有一定的要求，也要在这里列出，比如《来电》中要求将角色谢清雨的人物剧本交给第一个落座的女性玩家，再由她发放其他玩家的人物剧本。

接着，就进入"组织者手册"最主要的环节："游戏流程"。"游戏流程"就是告诉 DM"你应该如何掌控本场游戏"，引导玩家进行游戏。以《年轮》和《金陵有座东君书院》为例，在这两部剧本杀中，DM 没有角色身份，"组织者手册"按照步骤详细向 DM 描述了游戏应该如何进行以及参考时间，如表 11-4 所示。

表 11-4 《年轮》与《金陵有座东君书院》的游戏流程

《年轮》游戏流程	《金陵有座东君书院》游戏流程
自我介绍	阅读剧本，自我介绍（3~5 分钟）
圆桌讨论（不超过 30 分钟）	《少年游》小剧场一（3~5 分钟）
第一轮搜证	阅读剧本（15~30 分钟）
圆桌讨论（不超过 120 分钟）	《少年游》小剧场二（3~5 分钟）
第二轮搜证	进入公聊（3~5 分钟）
圆桌讨论（不超过 120 分钟）	救援司若兰小游戏（5~10 分钟）
投票答题	《少年游》小剧场三（3~5 分钟）
复盘	进入公聊，完成任务（40~90 分钟）
播放结局音频	书院事件复盘（5~15 分钟）
	《少年游》小剧场四（3~5 分钟）
	阅读剧本，写信（15~30 分钟）
	阅读剧本（5~15 分钟）

续前表

《年轮》游戏流程	《金陵有座东君书院》游戏流程
	进入公聊（20～30分钟）
	阅读剧本，播放《少年游》结局音频（3～5分钟）
	阅读剧本（15～30分钟）
	《归去来》小剧场一（3～5分钟）
	进入公聊（15～30分钟）
	阅读剧本（10～20分钟）
	进入公聊（30～60分钟）
	投凶小剧场（15～30分钟）
	结局小剧场，《归去来》小剧场二（15～30分钟）

可以发现，游戏流程是视游戏的体量、难易程度、环节多少而设置的。《年轮》是较为早期的通读本，即玩家坐在一起将剧本全部阅读完毕，再展开推理和搜证，幕与幕的分割以第一轮、第二轮搜证为分界，DM只需要掌控好讨论和搜证的时机，并组织投票、复盘以及播放结局。《金陵有座东君书院》不仅有两个本（即《少年游》和《归去来》，分别为角色们少年时和成年后），每个本还被分成了几幕，幕与幕之间由小游戏、小剧场和公聊串联，DM要控制的部分就多了许多。但总体而言，这些剧本杀中DM主要只是起到控制游戏流程的作用，"组织者手册"只需要将流程安排清楚就可以了。

若DM在剧本杀中还承担某个角色，"组织者手册"里就需要撰写由DM演绎的部分。DM的演绎不需要像人物剧本一样复杂，一般来说，只需要为DM撰写符合角色身份的串词，即如何开场、如何面对玩家的提问、如何衔接游戏流程、如何引导结局等话术。比如《极夜》的"组织者手册"中，建议DM以下面的话术开场。

各位先生：

晚上好！我是皇家地理学会会长克莱门茨爵士，非常荣幸由我来主持这次会议。众所周知，如今地球上只剩下最后一个标志性的地点没有被征服，那就是南极极点。而这一壮举必将由我们英国人完成。我受国王之托来到这里，而在座的各位也都是大英帝国的栋梁之材。今天我们齐聚一堂，共襄盛举。

不过由于此次征服南极极点的任务太过艰巨，所以在开始我们的任务前，我需要对各位做一个小测试，测试一下各位的智力与默契。

在《就像水消失在水中》中，由于DM演绎的是玩家聚集的寺庙里的"住持"，所以"组织者手册"不仅撰写了符合身份的串词，还建议DM在面对玩家的提问时多使用"老僧""施主"等词，增加玩家的沉浸感与代入感。

若DM演绎的角色是剧本杀中的灵魂人物，该剧本杀势必比较复杂，"组织者手册"中涉及的说明与流程就比较繁多，对DM能力的要求就比较高。不过，按照剧本杀的内容，通过步骤向DM说明即可，没有太多变化的地方，只需要按照"你在教一个素未谋面的DM如何带领一群人玩你创作的剧本杀游戏"的思路，撰写"组织者手册"。

如若还是不知道如何撰写"组织者手册"，不妨看看表11-5中列出的两个"组织者手册"目录。

表11-5　《极夜》与《像水消失在水中》的"组织者手册"目录

《极夜》	《就像水消失在水中》
一、游戏配件 二、初始游戏 三、游戏流程 　1. 播放预告片 　2. 玩家选取角色 　3. 破冰小游戏 　4. 阅读剧本第一幕内容 　5. 拉赞助 　6. 出发前采访和拍照 　7. 阅读剧本第二幕内容 　8. 教学关卡——偷企鹅蛋	一、故事背景 二、配件总量 三、游戏开始前准备 四、游戏流程 　1. 分发剧本 　2. 第一幕 　3. 第二幕 　4. 第三幕 　5. 第四幕 五、故事复盘 六、推理复盘

续前表

《极夜》	《就像水消失在水中》
9. 正式旅程 　去程流程图概览 　返程流程图概览 　基本规则 　物资内容对照表 （一）第一段旅程：从度冬小屋到补给点 A （二）第二段旅程：从补给点 A 到补给点 B （三）第三段旅程：从补给点 B 到补给点 C （四）第四段旅程：从补给点 C 到极点 （五）极点沉浸环节 （六）第五段旅程：从极点返回补给点 C 　事件：雪盲症 （七）第六段旅程：从补给点 C 返回补给点 B 　事件：坠入深渊 　可调节事件：海豹猎手 （八）第七段旅程：从补给点 B 返回补给点 A 　事件：更大的暴风雪 　特殊事件：死亡雕像 （九）第八段旅程：从补给点 A 返回大本营 　10. 尾声 　11. 播放立意视频 四、人物技能勘明 五、立意 六、简要说明	1. 如何一一对应四张照片 2. 如何找到自己的尸体并 　大略推出死亡顺序 3. 当天凶案剧情 七、附件 1. 结局音频 2. 小剧场 　开篇剧场 　第三幕小剧场 3. 线索列表 4. 角色遗言 　殷步熹 　杨未晞 　殷洵美 　姜其羽 　陈芸箬 　卫风

丰富故事，让 NPC 活起来

　　有时，在一部剧本杀中，仅靠一位 DM 或者 DM 演绎的角色是远远不够的，这时就需要引入 NPC。

　　具体来说，什么情况下需要设置 NPC？他一定是独立于玩家角色之外的，虽然戏份不多，但是不可或缺；或者只在一幕或几幕中起到作用，并不全程参与游戏。我们可以首先考虑让 DM 演绎这个角色，若考量之后认为不合适，就可以添加 NPC。

以《金陵有座东君书院》为例，该剧本杀中 DM 没有演绎角色，但是其中存在一位"灵魂"NPC，即院长李平。在故事中，李平为挽救南唐颓势，设立东君书院，对少年时的玩家们严厉教导，并在被陷害之前将关键物品"国防图"交给了女儿李梦蝶。李平的死使玩家们离开书院、被迫成长，B 本的故事也随之开启。在历经困难迎来结局时，玩家们会拿到李平写给他们的信，院长对他们的嘱托和希望，是游戏中的一大泪点。李平作为东君书院的院长，是一个导师式的角色，引导着玩家成长，他的精神贯穿整个剧本，也由他生发出一桩桩事件；而 A、B 两个本又涉及了场景的切换，玩家们并不是一直处于东君书院中，所以由 DM 演绎李平不合适。综合以上考虑，李平这个角色便由 NPC 的状态展现在玩家面前，打过本的玩家表示，"对院长教给我们的校训印象最深刻"。作为一个具有丰富情感内涵的情感本，NPC 李平很好地展现了其中家国情、师生情的两个侧面，这一角色塑造得非常成功。

为了让李平更加富有实感，作者安排了李平与玩家们进行对话和互动（此时的李平由 DM 代为演绎），结局时的信也制作了音频给玩家播放。有时，NPC 也会交给真人演绎。NPC 剧本的写作与角色人物剧本写作相似，不过内容更加精简，往往 NPC 剧本里只需要包含简要的背景故事，没有分幕、玩家任务等结构，着重突出的是 NPC 需要表演的台词与神情、情绪。比如在剧本杀《粟米苍生》中，除了 DM 扮演的角色张三/王五，还有士兵、师座、难民、云绮（玩家角色）母亲等 NPC。为了给予玩家强烈的代入感和沉浸感，"组织者手册"建议店家安排串场 NPC。以云绮母亲为例，扮演该角色的 NPC 与拿到云绮角色的玩家有一段互动，云绮母亲带着攒下的粮食给云绮，被扮演王五的 DM 推开，云绮母亲倒在地上，已经饿死了。通过这些 NPC 与 DM、NPC 与玩家的互动，可以令玩家更加深刻地体会到战乱年代百姓的苦难。

虽然 NPC 不是剧本杀游戏里的必选项，但是一旦决定塑造 NPC，就要把他当作一个真正的人物来对待，其心路历程、行动、目标等都应是合理的，并且起着重要的作用。当然有关 NPC 如何演绎的部分，也应该放入"组织者手册"中，"组织者手册"是剧本杀游戏的百科全书。

对创作一个剧本杀游戏而言，目前我们只完成了 70%，我们还需要为剧本添加足够的副文本（音乐、视频等），为玩家的游戏体验增色。

第十二章　设计配套副文本

- ◆ 盒装剧本杀的图片
- ◆ 实景道具，锦上添花
- ◆ 视听盛宴，情景演绎

盒装剧本杀的图片

剧本杀是一个阅读量巨大的游戏，玩家在面对动辄上千字的剧本时，势必会感到疲惫，所以要为剧本搭配合适的图片。

一个基础的盒装剧本杀中，图片部分包括盒装封面、人物剧本封面、线索卡等。

盒装剧本杀的封面就像书籍的封面，盒装封面要将剧本的主题、故事梗概以及角色介绍展现给消费者——剧本杀店家，让剧本杀店家可以通过盒装封面大致了解剧本故事。我们先来看两个案例，如表 12 - 1 所示①。

表 12 - 1　　　　　　　　　两个盒装剧本杀的封面

名称\要素	《前男友的 100 种死法》	《木夕僧之戏》
封面（外）		

---
① 图片与信息皆来源于小黑探：https://www.heytime.com/。

续前表

名称 要素	《前男友的 100 种死法》	《木夕僧之戏》
封面 （内）		
背景 介绍	方氏集团，在全国企业中排行前十，家大业大。其千金大小姐据说是交往了一个男朋友，不到一年时间却要闪婚，千金大小姐脾气挺大，方总只能妥协办成了订婚宴，并且邀请了自己几位好友到别墅做客。 俗话说，三个女人一台戏，五个女生会擦出什么样的火花呢……	某个蝉鸣聒噪的夏日，一行七人被莫名聚集在古老的木夕神社。他们被邀请来参与一场莫名其妙的游戏。而邀请他们来此处的，正是那个身着玄色僧袍的和尚…… 蝉鸣阵阵中，似有人在他们的耳边呢喃，声音深远悠长—— "吾乃高僧大名，远方之国亦知吾名。" "今打磨一木偶，赠卿邀汝一戏。"
角色 介绍	【Marry】：26 岁。摄影师，梳着马尾，看起来十分腼腆。 【林悠悠】：25 岁。网红主播，化着浓妆，身材高挑，气质出众。 【火冰月】：27 岁。动漫角色扮演者，长相出众，性感火辣。 【方娉茹】：26 岁。方氏集团千金大小姐，甜美可爱，把自己打扮得很精致。 【方雅莉】：26 岁。方氏集团二小姐，短发，痞气十足，是个十足的小太妹。	【不破秋波】：女，28 岁。长发主妇，穿着优雅的裙装，戴着医用口罩。 【天照樱和】：女，30 岁。身着樱花纹样的名贵和服，知名律师。 【月读千鹤】：女，30 岁。身着漂亮俏皮夸张的魔女洛丽塔连衣裙，身材娇小的漫画家。 【大冢敬公】：男，40 岁。身着蓝色休闲套装的男子，大冢医院院长。 【明智春光】：男，40 岁。明星刑事，最近精神倦怠十分憔悴。 【般若弥生】：男，20 岁。身着夏威夷花衬衫黑色短裤，自由职业者。 【安倍侦探】：男，27 岁。肥胖的侦探，阴阳师安倍家族现任当家。

盒装封面要考虑的对象是剧本杀店家，人物剧本封面要考虑的则是玩家。玩家拿到剧本时，在阅读文字之前，可以通过封面图片对自己将要演绎的角色有一定的心理预期——当然，作者也可以利用心理预期营造反转。

如果是以团建、欢乐、沉浸、情感为主要内容的剧本杀，人物剧本使用符合角色形象的图片，可以帮助玩家更好地建立自己与角色之间的联系，更方便代入与演绎。比如前面提到的《前男友的 100 种死法》，是主打欢乐、竞斗的剧本杀，人物设定比较突出，人物剧本封面可以依照角色描述设计，如表 12－2 所示[①]。

表 12－2 《前男友的 100 种死法》人物剧本封面

角色姓名	角色介绍	封面图片
Marry	26 岁。摄影师，梳着马尾，看起来十分腼腆。	
林悠悠	25 岁。网红主播，化着浓妆，身材高挑，气质出众。	

① 图片与信息皆来源于小黑探：https://www.heytime.com/。

续前表

角色姓名	角色介绍	封面图片
火冰月	27 岁。动漫角色扮演者，长相出众，性感火辣。	
方娉茹	26 岁。方氏集团千金大小姐，甜美可爱，把自己打扮得很精致。	
方雅莉	26 岁。方氏集团二小姐，短发，痞气十足，是个十足的小太妹。	

又比如《鸢飞戾天》是以北宋为背景的情感本，玩家需要沉浸和演绎，其人物剧本封面在突出角色性格特点的同时，也兼具古风特色，与上一个例子中浓烈渲染的画风不同，更加清新淡雅。

而在推理本中，为了符合悬疑、惊悚的氛围，人物剧本封面通常不会设计得十分细腻。比如《木夕僧之戏》里的角色尽管有着不同的特征，但是封面图片选用了相似的木偶，符合主题，也营造了诡异的氛围。

相似的还有推理还原本《虚构推理》，玩家们在开场时并不知晓与自己身份相关的任何信息，第一幕的角色封面是不同颜色的面具，到了第二幕身份揭晓，才换上了与角色形象相对应的封面图片。在此不做赘述。

在第十章"投放信息"中，我们已经学习了制作线索与道具的方法。在一般的桌面剧本杀里，为了节约成本，线索道具通常以"卡"的形式出现，也即"图片"。

客观存在的物品，比如地图、尸体痕迹、尸检报告等，以及存在于案发现场、相关人员抽屉等空间中的物品，独立于角色剧本却含有信息，并且在玩家推理的过程中需要反复查看，这些物品就可以制作成"卡片"。以下是不同绘制类型的剧本杀道具信息卡，有纯文字图片型（见图 12 - 1），有实景照片型（见图 12 - 2），还有手绘图案型（见图 12 - 3）。

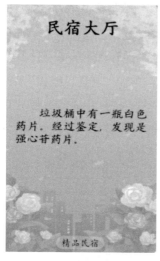

图 12 - 1 《你好》道具信息卡

图 12 - 2 《木夕僧之戏》道具信息卡

图 12 - 3 《雪乡连环杀人事件》道具信息卡

实景道具，锦上添花

除了道具信息卡，依据剧本情况的不同，也可以设置不同的实景道具。通常，道具信息卡可以基本满足盒装本的需求，但为了烘托氛围，还是会将一些关键道具实景化，比如《我有一座冒险屋》中使用到镜子和锤子、《雪乡连环杀人事件》中会拜托店家帮忙准备饺子。盒装本中适当设置实景道具，可以在控制成本的前提下，提升玩家的游戏体验。

实景剧本杀会将剧本中的场景、服装、物品、道具、线索一一还原到现实中，模拟真实的搜证破案过程，给予玩家全方位的沉浸式体验。以《明星大侦探》为例，嘉宾们穿着不同角色的服装，在构建的场景里进行游戏，涉及的物品也不是以卡片而是以实景的方式出现在场景中。

视听盛宴，情景演绎

在第二章中，我们已经阐述过"听"是沉浸式游戏中重要的一个环节。在剧本杀的发展过程中，"听"不再是简单的渲染氛围的 BGM（background music，背景音乐），还包括精心制作的人物音频，它们与 DM 的情景演绎一起，为玩家构建了一场视听盛宴。我们以《金陵有座东君书院》为例，分析"视"与"听"是如何共同在游戏中起作用的。

首先，在玩家推到第一幕、第二幕、结局等不同的剧情时，都有不同的 BGM 适配。比如：第一幕中玩家们还是无忧无虑的少年，剧情轻松愉快，BGM 是《江南小镇》《市集》；结局成年后的玩家们要面对生离死别，BGM 则选择了苍凉悲怆的《爱与恨》；整场游戏为不同的场景提供了十几首不同的 BGM。在情感本中，选择煽情催泪的 BGM 对玩家的沉浸有着极大的帮助。

"音频"通常起到衔接、推进剧情的作用。比如《金陵有座东君书院》中，在玩家自我介绍、小剧场破冰之后，DM 将会播放下面这段入学音频作为"旁白"。

> 一树春光穿冬夏，一晌贪欢醉五秋。这是你们来到东君书院的第一年，你们决定好好学习，但似乎什么都没做，一晃就过去了。而后到了第二年，你们又决定好好学习，但似乎什么也没做，一晃又过去了。而后晃，晃，晃得脑袋生疼的你们，终于晃到了头，来到了你们在东君书院的最后一年。
>
> 你们决定务必好好学习，展开人生新的一页。
>
> 是不是听愣了，还愣着干吗，快翻开下一页啊！

"旁白"有效地衔接了故事剧情，使得玩家状态自然地从入学前过渡到"在东君书院的最后一年"，推进剧情发展。除了"旁白"，还有"人物音频"。比如，结局剧情中播放的"李平的信"音频，代替剧本里的 NPC 李平院长向玩家说话，其中有"嘉明，还好吗""轩庭，该长大了""若兰，对不起""屋山，谢谢你""蝶儿，女儿这可能是爹最后一次这样叫你了""南唐的前路，就交给你们去走了"。这些煽情的语句配合着 BGM，将纸面的 NPC 化作实体，院长的嘱托在玩家耳边回响，令玩家潸然泪下，沉浸其中。

目前的剧本杀中，让 DM 演绎 NPC 渐渐代替了使用"NPC 音频"。一方面，情景演绎比音频更具有代入感；另一方面，随着剧本杀的发展，剧情越来越复杂，DM 已经不再满足于单纯的主持人身份，几乎都有一个角色的身份，和玩家一起参与到游戏中。这就要求作者要考虑 DM 演绎以及与玩家互动的小剧场。

虽然《金陵有座东君书院》里的 DM 并不是李平，但是在与玩家互动的小剧场中，DM 代为演绎了李平的部分：

（《少年游》剧场一）

李平：我是李平，东君书院的院长，你们其中有的人认识我，有的可能第一次见我，但这些都并不重要，从此刻起不管你们家世背景，来自何处，你们都将有一个共同的身份，就是我东君书院的门生，而你们更是往后五年相依相伴的同窗，务必携手同心，互帮互助，听明白了吗？

…………

结局剧情除了剧本中的文字部分，有时也会加入音频和小剧场共同展现在玩家面前，包括角色（玩家和 NPC）的心理活动、结局的演绎等。而情感本的结局部分，往往还会有一个被玩家称为"灵魂拷问"的环节，即真相揭露，DM 负责问玩家"还有什么话要说？""后悔了吗？"之类直击心灵的问题。这类小剧场可以提前设置好关键词，回答交由玩家们在游戏中自由发挥，相信每一位玩家心里都会有不同的答案。

后 记

我顺着故事研究，从话本/拟话本、纸媒小说、网络小说、影视、网络游戏，终于走到了剧本杀，先后出版《千秋家国梦——中国现代历史小说类型研究》《故事工坊》《经典电影如何讲故事》三部著作以及《游戏故事写作》一部译著，同时在大学里开设"故事写作""故事工坊""故事创作理论与实践"等课程，新近还在着手《剧情游戏写作》《故事产业》的写作。这里面有比较清晰的学术思路，同时也有自己的学术构想，并非一味追新逐异（当然，我的确好玩，每次感慨玩物丧志，要重新振作时，第一件事就是把电脑里的游戏删个遍）。

我们认为，创意写作面向文化创意产业，从内容输出和人才培养两个方面为后者服务，而后者也为创意写作的作品提供使用与转化市场，为高校创意写作教育提供就业岗位。这是一个理想的双向成就、良性互动的生态和机制。在创意写作先发国家和发达国家，这些已经成为现实，但是在中国，似乎还刚刚开始。文化创意产业市场需要内容，如类型小说、影视剧本、短视频脚本、产业产品形象策划文案、游戏文案等，但就目前来说市场需求走在了供给前面，我们的高校、作家协会，以及创意写作学科还不能提供充足的专业的相关写作人才。中国引进创意写作十几年来，一直想改变这个局面，但目前来看，无论是从师资、课程方面，还是从教材方面，仍旧没有走出舒适区，突破乏力。换句话说，中国创意写作还缺乏"直达"文化创意产业的通道。我们想率先走出这一步！

刘庄婉婷、罗兰荟子是我的研究生，在大学期间就"沉溺"于包括剧本杀在内的各种游戏，是资深玩家，并且也坚持创作，经常为店面提供剧本。在一次聚会上，我们与原读客公司副总经理、现上海七只鹿文化有限公司老总程峰先生和上海政法学院高翔博士一起玩起了游戏，过程很愉快。其间，程峰先生突然起意，说，你们又会写，又会玩，还是故事研究专家，为何不写一部有关剧本杀的著作呢？市面急缺这样的文字。于是他委托我们为他的公司写一个有关剧本杀培训的教材，越快越好。出于好玩以及对新事物的挑战，我们答应了。但过程却非常复杂：一是需要阅读大量的本子，个人的经验非常有限；二是市面上的确缺乏相应的著作，无法借鉴。于是我们从头做起，开始从各种渠道寻找本子，包括购买、参加培训班、下载 App，程峰先生和高翔博士也帮我们搜集资料（高翔博士由于正在写另外一部著作，就没有参加我们的写作团队）。一晃三年过去，事情没有达到"越快越好"的目的，于是我们干脆改变写作思路，从"培训教材"转变为通俗易懂的学术著作。中国人民大学出版社杜俊红老师知道这件事后，非常感兴趣，立即邀请我们在她那里出版，旋即通过了选题，签订合同。

写作过程中需要引用大量的剧本杀文本，这里面牵涉到版权和"剧透"问题，于是我们紧急与阅文集团、腾讯游戏公司以及相关的门店联系，咨询引用的限度，并请求授权，这又花费了许多时间。同时也产生了许多感慨：剧本杀这种文体之所以难以有大的突破，好本子难得一见，是否与它自身的封闭性有关呢？

好事多磨，九转功成。书稿总算完成，肯定很不成熟，是否研究到位，是否能对具体写作有直接的借鉴，还未可知。我们恳请读者和作家朋友们提出宝贵意见，以便后续改进。

许道军

2023 年 7 月 26 日星期三

创意写作书系

这是一套广受读者喜爱的写作丛书，系统引进国外创意写作成果，推动本土化发展。它为读者提供了一把通往作家之路的钥匙，帮助读者克服写作障碍，学习写作技巧，规划写作生涯。从开始写，到写得更好，都可以使用这套书。

书名	作者	出版时间
综合写作		
成为作家	多萝西娅·布兰德	2011 年 1 月
一年通往作家路——提高写作技巧的 12 堂课	苏珊·M. 蒂贝尔吉安	2013 年 5 月
创意写作大师课	于尔根·沃尔夫	2013 年 6 月
渴望写作——创意写作的五把钥匙	格雷姆·哈珀	2015 年 1 月
作家笔记	阿德里安娜·扬	2024 年 1 月
文学的世界	刁克利	2022 年 12 月
从创意到畅销书——修改与自我编辑	詹姆斯·斯科特·贝尔	2016 年 1 月
写好前五十页	杰夫·格尔克	2015 年 1 月
虚构写作		
小说写作教程——虚构文学速成全攻略	杰里·克里弗	2011 年 1 月
小说写作完全手册（第三版）	《作家文摘》编辑部	2024 年 4 月
开始写吧！——虚构文学创作	雪莉·艾利斯	2011 年 1 月
冲突与悬念——小说创作的要素	詹姆斯·斯科特·贝尔	2014 年 6 月
视角	莉萨·蔡德纳	2023 年 6 月
悬念——教你写出扣人心弦的故事	简·K. 克莱兰	2023 年 6 月
情节与人物——找到伟大小说的平衡点	杰夫·格尔克	2014 年 6 月
人物与视角——小说创作的要素	奥森·斯科特·卡德	2019 年 3 月
情节线——通过悬念、故事策略与结构吸引你的读者	简·K. 克莱兰	2022 年 1 月
经典人物原型 45 种——创造独特角色的神话模型（第三版）	维多利亚·林恩·施密特	2014 年 6 月
经典情节 20 种（第二版）	罗纳德·B. 托比亚斯	2015 年 4 月
情节！情节！——通过人物、悬念与冲突赋予故事生命力	诺亚·卢克曼	2012 年 7 月
如何创作炫人耳目的对话	詹姆斯·斯科特·贝尔	2016 年 11 月
如何创作令人难忘的结局	詹姆斯·斯科特·贝尔	2023 年 5 月
超级结构——解锁故事能量的钥匙	詹姆斯·斯科特·贝尔	2019 年 6 月
故事工程——掌握成功写作的六大核心技能	拉里·布鲁克斯	2014 年 6 月
故事力学——掌握故事创作的内在动力	拉里·布鲁克斯	2016 年 3 月
畅销书写作技巧	德怀特·V. 斯温	2013 年 1 月
501 个创意写作练习——每天 5 分钟，激发你的创造力	塔恩·威尔森	2023 年 8 月
30 天写小说	克里斯·巴蒂	2013 年 5 月
从生活到小说（第二版）	罗宾·赫姆利	2018 年 1 月

成为小说家	约翰·加德纳	2016 年 11 月
小说的艺术	约翰·加德纳	2021 年 7 月
非虚构写作		
开始写吧！——非虚构文学创作	雪莉·艾利斯	2011 年 1 月
写作法宝——非虚构写作指南	威廉·津瑟	2013 年 9 月
故事技巧——叙事性非虚构写作（第二版）	杰克·哈特	2023 年 3 月
自我与面具——回忆录写作的艺术	玛丽·卡尔	2017 年 10 月
写我人生诗	塞琪·科恩	2014 年 10 月
类型及影视写作		
金牌编剧——美剧编剧访谈录	克里斯蒂娜·卡拉斯	2022 年 1 月
开始写吧！——影视剧本创作	雪莉·艾利斯	2012 年 7 月
开始写吧！——科幻、奇幻、惊悚小说创作	**劳丽·拉姆森**	**2016 年 1 月**
开始写吧！——推理小说创作	劳丽·拉姆森	2016 年 7 月
弗雷的小说写作坊——悬疑小说创作指导	詹姆斯·N. 弗雷	2015 年 10 月
游戏故事写作	迈克尔·布劳特	2023 年 8 月
剧本杀——玩法与写法	许道军　等	2024 年 6 月
好剧本如何讲故事	罗伯·托宾	2015 年 3 月
经典电影如何讲故事	许道军	2021 年 5 月
童书写作指南	玛丽·科尔	2018 年 7 月
网络文学创作原理	王祥	2015 年 4 月
写作教学		
剑桥创意写作导论	大卫·莫利	2022 年 7 月
如果，怎样？——给虚构作家的 109 个写作练习（第三版）	**安妮·伯奈斯 帕梅拉·佩因特**	**2023 年 6 月**
小说写作——叙事技巧指南（第十版）	珍妮特·伯罗薇	2021 年 6 月
你的写作教练（第二版）	于尔根·沃尔夫	2014 年 1 月
创意写作教学——实用方法 50 例	伊莱恩·沃尔克	2014 年 3 月
创意写作思维训练	丁伯慧	2022 年 6 月
故事工坊（修订版）	许道军	2022 年 1 月
大学创意写作·文学写作篇	葛红兵 许道军	2017 年 4 月
大学创意写作·应用写作篇	葛红兵 许道军	2017 年 10 月
小说创作技能拓展	陈鸣	2016 年 4 月
青少年写作		
会写作的大脑 1——梵高和面包车（修订版）	邦妮·纽鲍尔	2018 年 7 月
会写作的大脑 2——怪物大碰撞（修订版）	邦妮·纽鲍尔	2018 年 7 月
会写作的大脑 3——33 个我（修订版）	邦妮·纽鲍尔	2018 年 7 月
会写作的大脑 4——亲爱的日记（修订版）	邦妮·纽鲍尔	2018 年 7 月
奇妙的创意写作——让你的故事和诗飞起来	卡伦·本基	2019 年 3 月
有个性的写作（人物篇＋景物篇）	丁丁老师	2022 年 10 月
成为小作家	李君	2020 年 12 月
写作魔法书——让故事飞起来	加尔·卡尔森·莱文	2014 年 6 月
写作魔法书——28 个创意写作练习，让你玩转写作（修订版）	白铅笔	2019 年 6 月
写作大冒险——惊喜不断的创作之旅	凯伦·本克	2018 年 10 月
小作家手册——故事在身边	维多利亚·汉利	2019 年 2 月
北大附中创意写作课	李韧	2020 年 1 月
北大附中说理写作课	李亦辰	2019 年 12 月

创意写作课程平台

从入门到进阶多种选择，写作路上助你一臂之力

扫二维码随时了解课程信息

"创意写作课程平台"由中国人民大学出版社"创意写作书系"编辑团队精心打造，历经十余年积累，依托"创意写作书系"海量素材，邀请国内外优秀写作导师不断研发而成。这里既有丰富的资源分享和专业的写作指导，也有你写作路上的同伴，曾帮助上万名写作者提升写作技能，完成从选题到作品的进阶。

写作训练营，持续招募中

- **叶伟民故事写作营**

  高人气写作导师叶伟民的项目制写作训练营。导师直播课，直击写作难点痛点，解决根本问题。班主任 Office Hour，及时答疑解惑，阅读与写作有问必答。三级作业点评机制，导师、班主任、编辑针对性点评，帮助突破自身创作瓶颈。

- **开始写吧！——21 天疯狂写作营**

  依托"创意写作书系"海量练习技巧，聚焦习惯养成、人物塑造、情节设置等练习方向，21 天不间断写作打卡，班主任全程引导练习，更有特邀嘉宾做客直播间传授写作经验。

精品写作课，陆续更新中

- **小说写作四讲**

  精美视频＋英文原声＋中文字幕

  全美最受欢迎的高校写作教材《小说写作》作者珍妮特·伯罗薇亲授，原汁原味的美式写作课，涵盖场景、视角、结构、修改四大关键要素，搞定写作核心问题。

- **从零开始写故事**

  高人气写作导师叶伟民系统讲解故事写作的底层逻辑和通用方法，30 讲视频课程帮你提高写作技能，创作爆品故事。

精品写作课

作家的诞生——12位殿堂级作家的写作课

中国人民大学习克利教授10余年研究成果倾力呈现，横跨2800年人类文学史，走近12位殿堂级写作大师，向经典作家学写作，人人都能成为作家。

荷马：作家第一课，如何处理作品里的时间？

但丁：游历于地狱、炼狱和天堂，如何构建文学的空间？

莎士比亚：如何从小镇少年成长为伟大的作家？

华兹华斯和弗罗斯特：自然与作家如何相互成就？

勃朗特姐妹：怎样利用有限的素材写作？

马克·吐温：作家如何守望故乡，如何珍藏童年，如何书写一个民族的性格和成长？

亨利·詹姆斯：写作与生活的距离，作家要在多大程度上妥协甚至牺牲个人生活？

菲兹杰拉德：作家与时代、与笔下人物之间的关系？

劳伦斯：享有身后名，又不断被诋毁、误解和利用，个人如何表达时代的伤痛？

毛姆：出版商的宠儿，却得不到批评家的肯定。选择经典还是畅销？

一个故事的诞生——22堂创意思维写作课

郝景芳和创意写作大师们的写作课，国内外知名作家、写作导师多年创意写作授课经验提炼而成，汇集各路写作大师的写作法宝。它将告诉你，如何从一个种子想法开始，完成一个真正的故事，并让读者沉浸其中，无法自拔。

郝景芳：故事是我们更好地去生活、去理解生活的必需。

故事诞生第一步：激发故事创意的头脑风暴练习。

故事诞生第二步：让你的故事立起来。

故事诞生第三步：用九个句子描述你的故事。

故事诞生第四步：屡试不爽的故事写作法宝。

图书在版编目（CIP）数据

剧本杀：玩法与写法/许道军，刘庄婉婷，罗兰荟子著 . -- 北京：中国人民大学出版社，2024.6
（创意写作书系）
ISBN 978-7-300-32425-8

Ⅰ . ①剧… Ⅱ . ①许… ②刘… ③罗… Ⅲ . ①故事—文学创作方法 Ⅳ . ①I054

中国国家版本馆 CIP 数据核字（2024）第 016387 号

创意写作书系
剧本杀
玩法与写法
许道军 刘庄婉婷 罗兰荟子 著
Juben Sha

出版发行		中国人民大学出版社			
社 址		北京中关村大街 31 号	**邮政编码**		100080
电 话		010 - 62511242（总编室）	010 - 62511770（质管部）		
		010 - 82501766（邮购部）	010 - 62514148（门市部）		
		010 - 62515195（发行公司）	010 - 62515275（盗版举报）		
网 址		http://www.crup.com.cn			
经 销		新华书店			
印 刷		天津中印联印务有限公司			
开 本		720 mm×1000 mm 1/16	**版 次**		2024 年 6 月第 1 版
印 张		14.75 插页 1	**印 次**		2024 年 6 月第 1 次印刷
字 数		188 000	**定 价**		59.00 元